文学少女

爱恋插话集4

琴吹七濑
竹田千爱

这是描述对故事和
文学喜爱到想吃下去
的『文学少女』和她
身边人们的故事……
「文学少女」天野远子
井上心叶

姬仓萤
井上舞花

朝仓美羽

我是二年八班的天野远子，如你所见，是个『文学少女』。

目录

文学少女

爱恋插话集

4

精装珍藏版

〔日〕野村美月 著 〔日〕竹冈美穗 绘

哈娜 译

人民文学出版社
PEOPLE'S LITERATURE PUBLISHING HOUSE

著作权合同登记号：图字 01-2020-1636

图书在版编目（CIP）数据

爱恋插话集 . 4 / (日) 野村美月著 ; (日) 竹冈美穗绘 ; 哈娜译 . -- 北京 : 人民文学出版社 , 2020
（文学少女 : 精装珍藏版）
ISBN 978-7-02-012358-2

Ⅰ . ①爱… Ⅱ . ①野… ②竹… ③哈… Ⅲ . ①短篇小说－小说集－日本－现代 Ⅳ . ① I313.45

中国版本图书馆 CIP 数据核字 (2020) 第 054717 号

责任编辑　朱卫净　李　殷
装帧设计　汪佳诗

出版发行　人民文学出版社
社　　址　北京市朝内大街166号
邮政编码　100705
网　　址　http://www.rw-cn.com

印　　制　上海利丰雅高印刷有限公司
经　　销　全国新华书店等

字　　数　110千字
开　　本　787毫米×1092毫米　1/32
印　　张　8.625
版　　次　2020年1月北京第1版
印　　次　2020年1月第1次印刷

书　　号　978-7-02-012358-2
定　　价　59.00元

分离之时，他哭得像个孩子似的。

看他一再嘶声哭喊着别走，我却只能轻轻摇头。

这男孩很容易受到伤害，为烦恼而驻足不前、跪坐原地。有时很坏心，但又很温柔、很细腻，即使满口抱怨，还是为我写了很多故事。我心想，我一定要永远埋藏因他而起的颤抖般的心情。我和他都太不成熟。如果我们继续在一起，他必定无法往前迈进，而我也会把他紧搂在怀中，束缚他那耀眼的力量。

他哽咽地注视着我，发誓直到下次见面都不会再哭。我解开本来打算带走的白色围巾，围在他的脖子上，因为我相信他说的话。

他的嘴唇覆上我的唇——这是个约定。

我们一定会再见。

等到我和你都已成长，能够独自通过那道窄门的时候。

到时我会告诉你。

我是多么地爱你。

文学少女见习生的发现

“心叶学长！有大发现啊！乔伴尼和康潘内鲁拉是 Homo 啊！”

九月将过，热腾腾的地瓜甜点变得更好吃的初秋。某天放学后，我冲进文艺社活动室兴奋地大喊。

如同往常在窗边的旧木桌上敲打笔记本电脑键盘的心叶学长顿时停下动作。

“……Homo（同性恋）？”

他喃喃着，表情不知道该怎么形容，像是受到惊吓，又像是看到某种无法理解的生物。

我精力充沛地点头。

“对！乔伴尼和康潘内鲁拉是 Homo……咦？好像不太对。Homo……Homo……Homo salmon？”

“同性恋鲑鱼？”

“不对，是 Homo sardine（沙丁鱼）？Homo pierced（耳环）？Homo piano（钢琴）？Homo science（科学）？呃……呃……”

我歪着头苦思，心叶学长露出头痛至极的表情说：“……难道你要说的是 Homo sapiens（智人）？”

“对啦！真不愧是心叶学长！就是那个 Homo！意思是人类！我想效法文学少女，试着说一次艰深的学名看看。”

“……都说成 Homo piano 了，根本没有意义嘛……”

他叹着气说。

“我说日坂同学，你说的大发现就是指乔伴尼和康潘内鲁拉是人类吗？我先确认一下，你说的是《银河铁道之夜》的人物吧？”

“是啊，作者宫泽贤治是岩手县的大作家喔！十二年前，当我还是小星星幼儿园里一个天真可爱的小女孩时，在暑假去电影教室看过《银河铁道之夜》的动画，里面的乔伴尼和康潘内鲁拉是用两只脚走路的猫耶！所以，我一直以为《银河铁道之夜》讲的是猫星球的故事呢。可是我最近读了原著，完全没看到摆动胡须、摇晃尾巴的形容，总觉得好奇怪。原来是这样啊！乔伴尼和康潘内鲁拉都是 Homo！”

“就跟你说不要再提 Homo 啦！这是很严重的，不要随便省略！”

心叶学长精疲力竭地垮下肩膀。

“日坂同学……你读《银河铁道之夜》的时候，一直在想乔伴尼和康潘内鲁拉是猫还是人吗？”

“当然不只有这样啊！”

我可不希望有人质疑我缺乏文学少女的资质，急忙声明。

“从银河车站启程的旅行真的好棒、好精彩喔！银河里的水发出七彩光芒的景象，还有水晶、黄玉的河岸都好迷人。

“对了！窗外扫过去的景色就像流水凉面的味道……冰凉凉的，又很好吞咽，不管多少碗都吃得下。梦幻的银河都散布在整个嘴巴里呢！”

“凉面和银河的差距，就像红萝卜和东京天空树通讯塔一样遥远吧……”

“运用想象力弥补一切才是‘文学少女’嘛。”

我嘿嘿笑着挺胸反驳，然后双手交握，颤声地说：

“不过，这段快乐的旅行却有个悲惨的结局。康潘内鲁拉还真是没良心。”

“没良心？”

心叶学长呆住了。

我鼓着脸颊说：

“乔伴尼深深期盼和他一起四处旅行，他却那么冷淡，消失得无影无踪。乔伴尼一个人在不知不觉间下了车，变得孤孤单单。”

“……”

“只有乔伴尼一个劲地喜欢康潘内鲁拉，这种单方面的喜欢太令人同情啦。呜呜呜，乔伴尼好可怜。康潘内鲁拉为什么不对乔伴尼好一点呢？竟然一句话都不说就跑掉了，真是没良心。就算有人喊他、叫他别走，这个人也一定会头也不回地越走越远吧。”

从四月一直单恋心叶学长至今的我，实在没办法不同情乔伴尼。

“……有些时候，人只能孤单地走下去。”

我被这僵硬的语气吓一跳，抬头看向心叶学长，只见他神情黯淡地望着笔记本电脑的屏幕。

挂在他脸上的，不是他听我说话时常有的苦笑，也不是不耐烦。

而是伤心至极、痛苦难耐的表情……

心叶学长像个被遗弃的小孩，好像随时会哭出来似的，我看得不禁停止呼吸。

难……难道我说错话了吗？

怎怎怎怎怎怎么办啦！我应该搞笑一下缓和气氛吗?

在我所有拿手绝技之中，这阵子最能逗笑邻居小学生的招式是……

“我、我要来模仿河马！”

心叶学长听到我大叫，惊愕地抬起头来。

我用双手食指按住两边鼻孔，张大嘴巴，露出整排牙齿。

“咆哇哇哇！大河马！”

我一边喊，一边用鼻子喷气。

心叶学长瞪大眼睛看着我，脸色有点发青，然后表情一缓。

他露出微笑。

太好了，终于笑了！

我的整颗心跟着亮起来，然后……

“日坂同学，我有事想拜托你。”

“好的，是什么事啊?”

心叶学长笑容满面地说：

“我想专心写稿子，你愿意帮忙吗?”

“那我来帮心叶学长泡茶、捶肩膀吧！”

心叶学长展露更爽朗耀眼的笑容，温和地说：

“你可以立刻出去吗?”

“呜呜……Homo salmon 错了吗？凉面配银河不符合季节吗?

是不是改成栗子红豆汤麻糬之类的比较好？我不应该说康潘内鲁拉没良心吗？还是我模仿河马的表演没有戳中心叶学长的笑点？”

“……我看分明是全错了。”

傍晚的林荫道上，我被心叶学长赶出社团活动室以后连连抱怨。我的好朋友——冰山美人小瞳——听了之后，便斩钉截铁地那么说。

“小瞳和心叶学长都好冷淡喔！简直就像康潘内鲁拉嘛！拜托你们对乔伴尼好一点啦！”

“不可能。”

“呜……竟然拒绝得这么干脆……”

小瞳长长的睫毛垂下来。

刚才我在文艺社看到的心叶学长那种哀伤表情，和眼前的小瞳顿时合二为一。

“……因为康潘内鲁拉死了，所以不可能。”

她以生硬的语气喃喃说道。

我惊讶地大叫：“不、不会吧！康潘内鲁拉后来不是还救了人吗？呃，而且书上也没有写到康潘内鲁拉死掉啦！”

“康潘内鲁拉跳进河里救查内利，后来一直没出现……事情闹得很大不是吗？”

“话是这样说没错啦……可是，那个……这是童话故事耶，康潘内鲁拉最后一定会活下来的。”

小瞳仍然垂着眼帘，语气冷硬地说：“……没救了，他已经落水四十五分钟……康潘内鲁拉的父亲也是这么说的。”

我急忙从书包里拿出《银河铁道之夜》，翻开一看。

——没救了，他已经落水四十五分钟。

我感受到无比的冲击，有如从东京天空树摔下去似的。

他的确是这么说。

哇啊啊啊啊啊啊！不行啦，伯父！才短短四十五分钟，不要这么轻易地放弃儿子的性命啦！

后来的剧情是乔伴尼得知长期外出工作的爸爸即将回家，故事在一片乐观进取的气氛中结束，所以我一直认定康潘内鲁拉必定会得救。

可是，如果康潘内鲁拉真的死了……

“所以说，乔伴尼在银河列车上看到的康潘内鲁拉是僵尸啰？原来《银河铁道之夜》是恐怖故事啊？哇！哇啊啊！好个离奇的新式解读呢，小瞳！”

原本认真沉思的小瞳露出一脸受不了的表情，直盯着我。

“你那个异想天开的脑袋才是混沌又离奇。劝你最好不要对井上学长提起刚才那番话。”

小瞳冷冷地说完，又露出忧郁的眼神，喃喃说着：

“就是因为这样……康潘内鲁拉才不带乔伴尼一起走。”

回家以后，我又从头读了一次《银河铁道之夜》。

唔……我本来以为我已经读得很仔细，没想到还是忽略很多地方……

我一边看，一边思考康潘内鲁拉言行举止背后的涵义，开始觉得他或许没有恶意，也不是冷淡。

如果我是康潘内鲁拉呢？

如果我在河里溺死，知道再也不能回到大家的身边，我在离开之前会做什么？

一定会打算做些什么吧？

唔……我在人生的最后会想做什么事呢……

这真是个难题！

啊，我想在这个世界留下的最后回忆，说不定是和心叶学长约会。

没错，就像乔伴尼和康潘内鲁拉一样，两人搭上列车，从银河车站出发，手牵手走过水晶饰品一般的银杏树包围的广场，依偎在一起看着天鹅座 β 观测站里青色、黄色两颗透明的球体静静绕圈。

衬着星空的漆黑玻璃窗上映出我和心叶学长互相贴近的侧脸。

——哇！心叶学长，那是天鹅座耶！

——是啊，真美。但是在我的眼中，日坂同学更美、更可爱呢。

我满脑子都是这一类的幻想，像是心叶学长的手掌盖住我的手，我转头望去，心叶学长的嘴唇从前方慢慢靠近，主动地亲吻我……

哇啊啊啊啊啊！好棒！太棒了！

如果能有这种体验，我随时死掉都不会有遗憾！

啊，如果我是康潘内鲁拉的话，那就代表我已经死了吗？

唔……即使能和心叶学长两情相悦，我还是不希望没过多久之后就得分离。

而且乔伴尼不知道康潘内鲁拉死了，还是眼睛发亮、一脸天真地对他说话。

——康潘内鲁拉，又只剩下我们两人。不论天涯海角，我们都要一起去。

哇啊啊啊啊！如果换成是我，光是看着乔伴尼的脸就会哭出来啦！

在这段美丽的旅程中，康潘内鲁拉对乔伴尼实在很冷漠。

可是……可是，说不定康潘内鲁拉正拼命压抑满腔的感情，忍着不表现出来呢。

说不定和乔伴尼分离也让康潘内鲁拉寂寞哀伤得难以承受。

想到这里，连我都觉得胸口发疼，翻页时还会感伤到眼角含泪。

——康潘内鲁拉，我们要一起去喔。

康潘内鲁拉没有回答乔伴尼，而是默默地消失。

因为他没办法继续和乔伴尼在一起。

这样说来，康潘内鲁拉最后这段旅程的同伴为什么会是乔伴尼呢？

即使知道会难过，他还是把最后的时间用来和乔伴尼相处。

这是为了向乔伴尼道别吗？

真的只是这样吗？

我试着更深入地思索康潘内鲁拉的想法，试着更靠近康潘内鲁拉的心。

如果……如果我是康潘内鲁拉……

我绞尽脑汁拼命“想象”，康潘内鲁拉在消失之前，是以什么表情看着乔伴尼？

是哭泣的表情吗？

还是痛苦的表情？

不，都不对。

一定是……

如同星辰闪烁的白光之中，康潘内鲁拉的脸庞缓缓浮现。

体型纤瘦、样貌聪颖的少年……

一股悲伤和温馨涌起，胸口几乎快要胀破。

“原来如此……我懂了。”

隔天，我没耐心等到放学，午休时间就跑去文艺社。

“心叶学长，我有大发现喔！”

我打开门，笑着冲进去。

心叶学长正要打开笔记本电脑。

“这次又是什么事？”

他用毫不期待的语气问道。

“康潘内鲁拉最喜欢的就是乔伴尼了！”

我跑到心叶学长身边，兴奋地大叫。

心叶学长睁大眼睛，吸了一口气。

“乔伴尼不是一厢情愿！就算和康潘内鲁拉分开，他们还是一直把对方当成最特别的人！所以康潘内鲁拉要离开人世之前想见的是乔伴尼，而不是其他人。虽然他知道见面之后会寂寞得受不了，还是把剩下的时间留给乔伴尼，他就是这样地喜欢乔伴尼啊！”

心叶学长一脸震惊地看着我说得滔滔不绝。

好像连呼吸都不记得似的，全身停滞不动。

“康潘内鲁拉一定很担心内向的乔伴尼，因为自己没办法再陪着他，所以希望最后能再鼓励他一次！”

消失在闪烁星辰之间的康潘内鲁拉，想要对乔伴尼传达的话语。

我轻声说出康潘内鲁拉的心情。

“就算我不在了，你也不会有问题的。”

心叶学长的眼睛睁得更大。

“你一定可以自己走下去。”

流露寂寞的目光，但是挂着坚定而温柔的微笑。

康潘内鲁拉想对最喜欢的乔伴尼说的一定是这些话。

心叶学长的眼睛、嘴唇、脸颊，就像站在康潘内鲁拉面前的乔伴尼一样哀伤，眼神忧伤地闪烁着。

我举起右手指向天花板。

“所以，他一定还在天上看着乔伴尼！不断帮乔伴尼加油，告诉乔伴尼直到下次见面之前都要好好努力！”

一秒、两秒、三秒过去了。

心叶学长还是没有动静。

他一脸震撼地注视着我……不对，或许是注视着我指的某处……

然后他伸出右手，放在我的头上。

轻轻柔柔的感觉。

心叶学长轻轻抚摸我的头，我惊讶得头发都快竖起来。

这、这是合格的意思吗？

因为我很用心思考，所以这是在奖励我吗？

我开始昏眩了。

哇哇哇哇哇哇！心叶学长摸了我的头……

我的头发天生就是容易打结的细毛，刚才匆匆跑来又变得更乱。早知道就先去厕所好好梳理一下啦！

呜呜……我动不了。

呼、呼吸困难，心脏快要跳出来！

啊啊，可是……感觉好像很不错。

心叶学长在我头上抚摸的手好轻好柔，眼神也是柔情似水，让我有如浸泡在温暖的水中，越来越意乱情迷。

“……心叶学长，好舒服喔。”

我恍惚地说着。

心叶学长突然惊觉。

“对、对不起！”

他的手缩了回去，退开几步。

“真的很对不起，我一不小心就……”

我朝面红耳赤的心叶学长贴近。

“不会啦，请继续摸吧。现在的我已经毫无防备，从上到下都可以随便摸喔。被心叶学长摸过，我这一辈子都不洗头了。”

我神情坚决地这么一说，心叶学长吓得睁大眼睛叫道：

“别这样！”

然后又说：

“日坂同学，午休时间就快结束了，你还是回教室吧！好了，快点回去！”

结果我又被赶出社团活动室。

我告诉小瞳这件事以后，她只是冷冷地说：

“……如果一辈子都不洗头，头发会发臭喔。”

然后，同一天的放学后……

“啊哈哈哈哈，见习生，你还是老样子呢。我也好想看看心叶慌张的模样。”

音乐厅顶楼的画室里，已经毕业的麻贵学姐拿着一杯红茶，乐得不可开交。

她的预产期快到了，但是肚子还没有大得很明显，或许是因为衣服既宽松又有很多蕾丝。不过她笑得这么厉害，会不会惊动胎儿啊？

心叶学长劝过我不要接近麻贵学姐，还说“日坂同学如果再不提防，会被麻贵学姐啃得连骨头都不剩喔”，但是我在哈密瓜、芒果、戚风蛋糕的诱惑下，还是一再来到画室，坐在沙发上喝茶聊天。

“呜……难得有那么好的气氛，心叶学长实在太正经了。啊啊，不过他这一点也很迷人呢。”

“是是是。”

麻贵学姐像是懒得搭理似的挥挥手，然后用挑逗的眼神看着我。

“你要是少说几句话，恋情应该会比较顺利吧？我个人比较期待你们的关系能再拉近一点。而且，如果你能变得文静一些，也比较能吸引心叶注意，说不定会迷得他小鹿乱撞呢。”

“喔喔！真的吗？”

我光是想象就忍不住傻笑，但又立刻摇头说：

“不行啦，如果我太安静，心叶学长可能会觉得很寂寞。”

麻贵学姐露出意外的表情。

“这么一来，我的嘴巴就会自动说个没完了。嘿嘿，如果我不说话，社团活动室会太安静，所以我宁可让心叶学长生气，也比看到他寂寞好多了。反正我已习惯心叶学长的吐槽和冷淡的眼神。”

我刚入学时，心叶学长常一脸寂寞地盯着计算机屏幕，或是看着社团活动室的窗户。

那种表情好哀伤、好痛苦，让我看得心都痛了。

所以我拼命地找他说话。虽然有时会太拼命，反而让他厌烦，或是惹他生气。

心叶学长睁大眼睛的面孔、神情茫然的面孔、冷眼瞪人的面孔，依次浮现在我的心中。

是啊，比起见到他沉默地转开头，或是他一动也不动的背影，这样还比较好。

麻贵学姐听着听着，露出和蔼的眼神。

“……能让我抱抱你吗？”

“啊？”

我吃惊得后仰贴在沙发上。麻贵学姐整个人靠过来，像是要抱着我的头似地搂紧我。

“麻麻麻麻麻麻贵学姐，这样不太好吧！”

“我至今帮过你那么多次，已经累积多少‘酬劳’啦？”

“呃……这、这个……可是我的心里已经有心叶学长了！”

“呵呵，真蓬松，好像小鸡。”

麻贵学姐用脸颊磨蹭我的头发，轻轻地嗅着。

几乎比我大三倍的胸部贴在我脸上……哇啊啊！都快要塞到我的嘴里了！

我吓得不停挣扎，麻贵学姐总算放开我。

她扬起嘴角，很愉快地看着满脸通红、坐立不安的我说：

“就像这样……对心叶使出这招或许会有效呢。啊，不过你大概办不到吧。”

“不要盯着我的胸部说这种话啦！以后一定会再长大的！没错，会长到像西瓜那么大！”

“我有个朋友从高一开始一直这么说，但说了整整三年还是一样平坦呢。”

“呃……”

我无言以对，麻贵学姐又愉悦地说：“对了，我那个朋友也说过……心叶虽然坏心眼，个性却很敏感，又很容易陷入低潮……所以他的女友最好是不会因为他的冷淡而退缩的人。”

仿佛很怀念似的，麻贵学姐露出比平时还柔和、温暖的目光，继续说道。

“我那朋友还说，即使心叶别开脸不说话，也会勇往直前地拉着他的手往外拖，像这样积极开朗的女孩最好。如果有这种人，心叶一定连烦恼的时间都没有。”

我紧张万分地问：

“那个朋友是谁啊？”

难道是……

麻贵学姐微微一笑。

“你说呢？或许是康潘内鲁拉吧。”

然后，她抬头看着墙上。

那里挂着一幅画，但是被布帘遮着，看不到内容……

——那是远子的画像喔。

我突然想起这句话，心脏又开始狂跳。

麻贵学姐仍然仰望着墙壁。

她的眼神沉静而温柔。

麻贵学姐正在想的人是谁呢？

还有，当我谈起《银河铁道之夜》时，心叶学长想的是谁呢……

康潘内鲁拉朝天空而去。

乔伴尼留在地面上。

即使如此，康潘内鲁拉至今仍在遥远的地方想念着乔伴尼。

所以，流露孤寂眼神的乔伴尼也继续怀着康潘内鲁拉的回忆，独自地努力。

说不定根本没有我介入的余地……

心底痛得不得了，但我还是咧开笑容、站起来说：

“谢谢麻贵学姐请我吃栗子戚风蛋糕！我差不多该去社团了。说不定心叶学长早就在后悔把可爱的学妹赶出去，心情正消沉呢。”

麻贵学姐也回了我一个坚定的笑容。

“这样啊，那如果有进展要告诉我喔。我很想见识看看你要怎么攻陷心叶呢。”

“好，交给我吧，我会努力攻陷他的！”

开朗地说完以后，我便走出画室。

说不定，总有一天我会和布帘后的“文学少女”面对面。

到时我会露出怎样的表情呢？

不过，眼前还是先想想要怎么让心叶学长笑吧。

希望心叶学长不再露出孤寂的眼神，希望他过得快乐，连烦恼的时间都没有。

对了，文化祭就快到了。听说文艺社去年演过话剧，芥川学长也来挎刀演出，他和心叶学长的对手戏还大受好评。

如果我能在舞台上饰演心叶学长的恋人不知该有多好。

两个人一起开咖啡厅也不错。

好，就去和心叶学长谈一谈文化祭的事吧。

请他今年也一定要参加!

我一边盘算着计划，一边开开心心地走向我最喜欢的学长所在的文艺社。

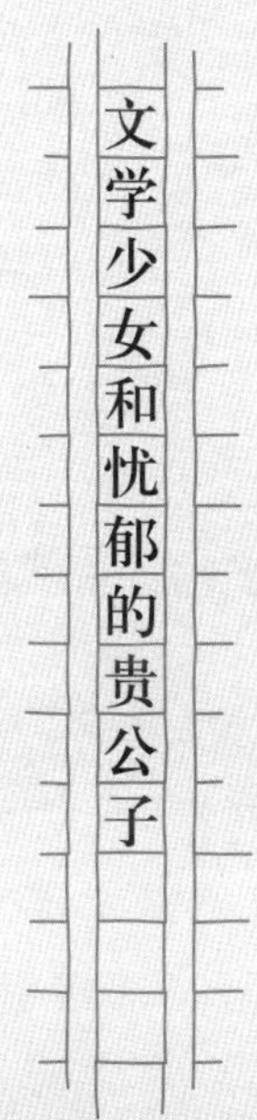
文学少女和忧郁的贵公子

记得那是一年级文化祭时发生的事。

“心叶，已经三个小时没人来了。”

轧吱……细微的声音传来，远子学姐将脸贴在椅背上，哭丧着脸喃喃说道。

“……是啊。”

我低着头回答。

“而且雨也下个不停。”

“……是啊。”

“心叶，填字游戏那么好玩吗？”

“……还可以。”

石狩火锅的材料是？□鱼——这里要填的是鲑。

我用HB自动铅笔写上“鲑”时，远子学姐在一旁焦躁地猛摇椅子。

“我好无聊！好无聊！无聊死啦！”

她抱着铁管椅的椅背，甩着长长的辫子，像个孩子一样吵闹。

这里不是我们的社团活动室，而是平时闲置、没在使用的教室。桌子排成“П”字形，上面摆着从文艺社搬来的旧书。

“明明是文化祭，为什么没人来参观啊？我们从昨天开始这么努力地展示文艺社珍藏的经典名著耶！从《古事记》《日本书纪》到《万叶集》《竹取物语》《土佐日记》，按照成书年代排列。我还在海报上画了可爱的插图呢！结果连续三个小时都是空虚地听着经过教室的脚步声和愉快的笑声！到现在连脚步声都听不见啦！”

“有什么办法？这里是校舍的角落，和其他教室距离太远了。会兴冲冲地专程跑来看‘日本名著文学展’的闲人大概只有远子学姐。”

挂在窗户上的东西，□叶□帘——唔……是百叶窗帘吧？

“呜呜……心叶好像事不关己似的，还一脸从容地不停玩填字游戏。”

远子学姐不满地鼓着脸颊。

“因为没人来参观，我只能玩填字游戏啊。”

“不行，光靠填字游戏根本填不饱肚子嘛。”

远子学姐毅然说道，跳下椅子，然后笑逐颜开地凑过来瞄着我。

“我说心叶啊，既然闲着就写些什么吧。”

“我又没有闲着，而是在玩填字游戏。想吃的话，等我填完这张再给你吃。”

“我才不要咧！又不是只要有字就好！我可是如假包换的正牌文学少女耶！是个美食家哟！”

远子学姐的脸颊气鼓鼓的。

明明只是个每天拉着学弟写点心的贪吃鬼，竟然说自己是什么美食家。

“是喔。”

我没搭理远子学姐，又继续回去玩我的填字游戏。她无精打采地踱步到窗边，看着外面的黄昏景色。

“唯一的学弟……竟然如此冷淡。”

她拨弄着窗帘叹气。

“亏我期望着在文化祭留下快乐的回忆，结果却被流放到这个没人会来的校舍角落。饥寒交迫，学弟又这么不可靠……这一定是某人的阴谋。”

“会被流放到这里，是因为远子学姐忘记在期限内申请使用教室的使用许可。”

“呃……”

“你去拜托执行委员，硬把申请书塞给人家，结果还能用的只剩下这间教室，不是吗？”

“谁、谁都有失败的时候嘛！而且我才不是忘记，而是太专心筹划要怎么帮文艺社做宣传啦。真的！你看，这亲手画的插图充满我的热忱吧！”

远子学姐冲到展示台边，拍拍海报。

上面不知为何有个用彩色笔和彩色铅笔画的埴轮[①]，看起来像个面无表情的外星人。另一张海报画的是如同百人一首[②]纸牌上穿着十二单衣的公主和王公贵族，但是成果也很叫人遗憾。

“唉……这真的没有偷工减料，而是用百分之百的热忱画出来的图吗？”

“怎、怎样啦？你那同情的眼光是什么意思？真是太不尊敬

---

① 埴轮（haniwa），古坟时代（公元三世纪中至六世纪末）的陪葬黏土人偶。

② 百人一首，一种传统纸牌游戏，每张牌上都有诗句和插画。

学姐了。好过分！好过分！好过分！”

远子学姐的脸颊越来越鼓，转身对着窗户生闷气。她是情绪不稳定吗？不对，我看一定是太无聊了。

呃……正月会玩的游戏，□□面——是笑福面[①]吧？

“呜呜……我真是全世界最不幸的学姐。外面一直下雨，如果到土风舞时间还不停，就没机会翻盘啦。”

“你要参加土风舞吗？”

对了，远子学姐从昨天开始就一直很注意天气，还喃喃自语地说“明天会不会放晴啊”。

窗外一片灰蒙蒙，细雨持续飘落。

远子学姐神情开朗地转过头来。

“当然啊！土风舞可是文化祭的重头戏呢，心叶也会参加吧？”

是吗？我从来没听说过文化祭非得跳土风舞不可，一般都是运动会或露营的时候才会跳吧？

不管怎么说，我对土风舞一点兴趣都没有。

“我不参加。”

“咦？为什么？”

“都已经是高中生了，你不讨厌和陌生人牵手吗？”

而且俄克拉荷马混合曲……那种舞蹈我光是站在旁边看都觉得丢脸，尤其是牵着手弯腰鞠躬的动作。

远子学姐不高兴地反驳。

---

① 笑福面（福笑い），类似拼图游戏，玩家要蒙着眼睛把纸制的五官排在空白的脸型底板上。

“没有土风舞的文化祭就像没放圣诞老人装饰的圣诞蛋糕啊！一定要紧张兮兮地数着还得轮过多少人才能和喜欢的人牵手，还有两人，还有一人……好不容易牵到手的那一刻，心脏简直快要跳出来呢！”

她仿佛身处梦中，眼神迷蒙地望着天花板。

“你有喜欢的人吗？”

“呃！这、这个……”

远子学姐惊慌地答不出话。

“不、不是说我自己啦，我只是在形容土风舞是这样的东西嘛！”

“我想也是。”

“为什么露出那种冷淡的眼神？我当然有喜欢的人啊。”

“有吗？”

“呃……”

她又变得吞吞吐吐。

“喜不喜欢啊……这种事情是很难说的啦。喜欢可以分成很多种类，有朋友一般的喜欢，也有家人一般的喜欢，或者是命中注定的恋爱，没办法简单地分清楚。我可是贤良淑德的文学少女，谈恋爱当然也很慎重。”

“随便啦。”

戏曲四功，唱念□□——我平静地写下“做打”。

“呜呜……为什么你这么消极呢？也不跳土风舞。说不定能借着跳土风舞的机会萌生爱情呢！对了，今天的三题故事就写土风舞！‘土风舞’‘学长’‘约定’，怎样？很棒吧！要写个甜蜜蜜的故事喔。限时五十分钟……”

难得有这么正经的题目。

但是，我头也不抬地回答：

“我没带稿纸，而且我现在也没有意愿写作。”

正要按下银色马表的远子学姐生气地鼓起脸颊。

“那我就来激发你的写作意愿，让你写个罗曼蒂克的好故事。对了，来写个爱慕学长的故事吧。”

爱慕学长？

刚才我问她有没有喜欢的人，她不是还慌张地否认吗？

远子学姐抽出一本展示台上的古文书，微笑着说：

“《堤中纳言物语》是平安时代后期编纂的故事集，收录了十则短篇故事。书中的故事无论作者或年代都各不相同，甚至包括镰仓时代的作品，可说是包罗万象呢！究竟是谁把这些故事收录在一本书里？为什么取《堤中纳言物语》这个书名？至今还是没人知道。

“有一派说法是，当时习惯用纸张包起书本保存，而包着这本故事集的纸张题上了《包中物语》《物语包》《包物语》之类的字，所以就转变成《堤物语》《堤中纳言物语》①。把故事‘包’在里面，真不错。”

远子学姐万分珍惜地紧抱着封面褪色的旧书，眼睛闪闪发亮，开心地说着。

“对！《堤中纳言物语》就像卷上柿子叶的寿司！

略带酸味的醋饭盖着青花鱼和鲑鱼生鱼片，再用新鲜翠绿的柿子叶包起来。柿子叶有防腐效果，能让寿司存放得更久，这是

① “包”和“堤”的日文发音都是“tsutsumi”。

生活中的小智慧呢。

“打开寿司的绿色包裹享用，清爽的酸味和柿子叶的芳香顿时在舌头上扩散开来，引人走进故事中的世界。

“《采花少将》讲的是花心的中将趁夜偷偷带走心仪的公主，正要求爱时却发现自己犯下天大的错误。《阴错阳差的少将》是说少将和权少将与一对丧父之后安静过活的美丽姐妹花各自交往，却阴错阳差地搞错对象。

“《集贝竞赛》是说一对同父异母的姐妹拿各自收集的贝壳来比赛。姐姐家境富裕，但贫困的妹妹很烦恼得不到漂亮稀奇的贝壳，得知这件事的少将就扮演长腿叔叔去帮助她喔。

“每个故事都描述了当时人们的日常生活，可以由此得知他们平时的对话和想法，这些生活点滴伴随着柿子叶的芳香冉冉浮现眼前，滋味非常丰富，真会让人心跳不已。一般都认为《爱虫的小姐》最有名，但我觉得最精彩的应该是《跨不过逢坂的权中纳言》啊！”

她以澄澈开朗的声音说道。

“主角权中纳言是个有气质、有教养的男性，天皇对他备加赏识，爱慕他的女性也很多。他担任官职后立刻受到众人注目，享尽崇拜的眼光，是个数一数二的贵公子。

“就像权中纳言一样，去年我们学校也有个被誉为‘藤之君’，迷倒无数少女的帅气人物喔。”

我还以为远子学姐喜欢的人是书中角色，听到她突然提起真实人物，我不禁停下手上的填字游戏。

藤之君？

简直像是少女漫画会出现的梦幻外号嘛。

远子学姐一脸陶醉地说：

“那个人身材高挑，有双冷静的眼睛，纤细的脖子，总是带着寂寥忧郁的眼神，让人看得整颗心都揪了起来。

“他的个性也很优雅温柔而内敛，声音和个性一样清脆而潇洒，简直是从平安时代的绘画里跑出来似的。”

说到平安时代的绘画……我只会想到如同姆咪[①]一样下巴肥大，眼睛眯成一条线的男人……

远子学姐如痴如醉地红着脸说：

“藤之君还有个后援会呢，真是传说中的校园王子。”

王子……我死也不想被人取这种外号。

“有一天我在校内的图书馆里，想要拿书柜最上层的《狭衣物语》，踮起脚尖时差点跌倒，刚好经过的藤之君很体贴地扶住我，还微笑着对我说‘真危险，要小心一点’，又问我‘你要拿这本书吗’，主动帮我把书拿下来呢！”

她的尾音拖得很长。

这个情节实在是老套得令人无言。

“后来我和藤之君经常感情融洽地聊天，但是藤之君的粉丝一直瞪着我，我们只好躲到图书馆的书柜后面。

“藤之君还深深地凝视着我说‘和远子聊天很愉快’喔！真不好意思！”

……难道她是在幻想？

我突然觉得很无趣，打算继续玩填字游戏不再理她。

“对了，艳阳普照的第一学期结束以后，藤之君紧握着我的

---

① 姆咪，芬兰的卡通“Moomin”，主角的外型有如白色河马。

双手说‘和我一起去伊豆吧’，邀我参加五天四夜的旅行。”

“咦！”

我吓得差点弄掉自动铅笔。

“藤之君还对我说‘我需要你’呢。”

“你、你真的去了伊豆？”

远子学姐的视线依然停在半空中，点头回答：

“是啊。虽然帮四十个人洗衣煮饭很辛苦，不过藤之君都开口拜托我，我也不好意思拒绝。”

“啊？”

帮四十个人洗衣煮饭？

“排球社要举办集训，所以临时招募经理。藤之君是排球社的王牌选手喔。”

“集训？”

旅行和集训是两回事吧？

“后援会的女生全都跑来应征经理，让排球社的人很伤脑筋，只好来问问看比较可靠的熟人。”

“……远子学姐……你真的煮饭了吗？”

“除了我以外还有三位经理，我只有帮忙啦。”

她自豪地挺胸说道，但是没有具体说出她到底帮了什么忙。

“结果藤之君的粉丝当天全都跑来海边的集训地点，还跟女排社的人吵起来。”

哇！

“男排社的主将很生气地大吼着‘你们打扰到我们的练习了，滚回去！’把那些女孩赶走。”

想也知道人家会生气嘛。

“男排社的主将身高两百公分，再挑起眉毛、板起脸孔，简直像戴着鬼面具一样可怕。那些女孩全都尖叫着跑走，藤之君因此被主将痛骂一顿。”

远子学姐显得很难过。

“主将说：‘排球社什么时候变成偶像事务所？就是因为你对任何人都笑嘻嘻的，听到人家把你捧成王子就飞上天，那些笨女人才会越来越过分。如果下次那些人再惹麻烦，我就连你这个元凶一起赶走！’

“藤之君被骂得一脸落寞，好可怜喔。”

……我倒觉得这是自作自受。

不过，他也不是自愿受女生纠缠，还挺值得同情的。

听到男排社主将这番话，男排社的社员也纷纷表示支持地说：

“就是啊，只要有藤在就没有办法好好练习！”

“我们又不是来玩的！”

“主将，你多骂几句！”

女排社却是嘘声大起。

当天晚上，女生宿舍就召开大会，一起骂男排社的主将。

“我住的是和大通铺分开的六人房，不过室友也都很气男排社的伊丹主将。”

“他自己没有女人缘就嫉妒藤之君受人欢迎！”

“就是嘛！他以前也叫藤之君干脆退出排球社去参加话剧社，说过不少难听的话！”

“藤之君要借他毛巾，他还不肯接受，说会被女生们瞪。真是太讨厌了！”

“他自己明明是个排球沙猪，而且长得像杀人魔一样凶恶！”

“最好被电线绊倒，撞得鼻青脸肿！”

这也太恶毒了……女生真可怕。我不由得同情起这位素未谋面的男排社主将。

数落完男排社的主将后，那些女生又开始同情藤之君的处境，纷纷叹息。

“藤之君好可怜喔！”

“被伊丹骂过以后，藤之君一直很消沉耶。”

“我好想去安慰藤之君喔！”

“我也想！”

“我也要！真想紧紧地抱住藤之君！”

“啥？你在胡说什么啊！”

“我可以理解喔！藤之君今天看起来好脆弱无助，让人好想保护呢。”

“喂，你可别去夜袭喔。如果再惹出麻烦，藤之君一定会被赶走啦。”

“我才想叫你不要偷溜过去呢！”

众人在互相牵制之间陆续睡着了。

到了夜深的时候——

“远子……远子……”

浓重的黑暗之中传来悲伤的呼唤，远子学姐醒过来，发现藤之君一脸哀伤地低头看着她。

“等、等一下！”

我打断她的叙述。

“这是你梦到的吧？”

“放心啦，这是真实的事件。”

远子学姐随口保证。

“不过我也吓一跳，以为自己是在做梦呢。

“心叶，你知道吗？平安时代一般认为梦见某人不是因为做梦的人很想对方，而是出现在梦里的那个人很想念做梦的人喔。”

“是吗？这种小知识无所谓啦。藤之君三更半夜出现在你的床边，然后呢？同房的其他人都没有醒过来吗？”

我急着问道。

“这个嘛……我看看旁边，发现房间里只有我和藤之君。”

“为什么？其他五个人去哪里？”

“她们好像都去了藤之君的房间。”

“什么？”

远子学姐苦笑着说：

“她们全都悄悄溜到藤之君的房间，藤之君不知所措，就逃到了我这里。”

“……”

这就是所谓的夜袭吗？

而且是女生主动……唔……

“藤之君很怕又被主将责备，还很忧郁地说大家为什么会为自己这种人吵吵闹闹的，真的让人好同情。

“藤之君还说自己明明一直是单恋，而且喜欢的人完全不理自己……”

“喜欢的人？”

远子学姐露出恶作剧似的眼神。

“是啊，《跨不过逢坂的权中纳言》说的是受到众人仰慕的贵公子爱着一个冷淡的公主。藤之君也有个喜欢的人喔。”

“……这样啊。”

我突然觉得松一口气。

可是，偷偷溜进女生睡觉的房间还是不对吧？

这是王子该做的事吗？

之前我看到远子学姐趴在社团活动室的桌上睡觉，说着“我还要吃”的梦话，捏她鼻子把她吵醒以后，她还骂我：“我难得可以吃到夏目漱石特地为我写的爱情故事耶！啊啊，那份原稿……金光闪闪，而且像桂花酒一般香醇呢。心叶太过分了！”整整记恨了一个星期。

远子学姐开心地继续畅谈权中纳言。

“无论中纳言送了多么感人肺腑的情诗给他心爱的公主，都得不到回音。中纳言一直苦无机会和她拉近距离，即使如此，他还是一往情深，在某个月光皎洁的夜晚跑去见她。

“他对公主的乳姐妹——宰相之君表明自己的真心，求她帮自己引见公主。连宰相之君都忍不住对年轻俊美又优雅的中纳言动心，公主却仍借口身体不适，不肯见他。中纳言积极求爱却得不到响应，伤心欲绝，不知道该如何是好。”

远子学姐叹了一口气。

“藤之君也是这么悲惨地单恋着别人，还垂着眼帘说因为太喜欢那个人，害怕被拒绝，所以不敢表白，还说向对方告白一定会让人家很困扰。

“我一直鼓励藤之君说‘不会的，如果有藤之君这样的人向我告白，我一定会很开心’，藤之君听了突然抬头凝视着我。”

真的吗？远子？

是啊。

不会觉得困扰？

当然不会。

“藤之君紧紧握着我的手，凝视着我的眼神越来越哀伤，然后说：‘远子，其实我……’”

“够了！”

我的语气严厉得连自己都吓一跳。

“心叶？”

远子学姐呆住了。

“我才不想听别人的爱情故事，什么恋啊爱的，真是无聊透顶。恋爱不就只是一厢情愿的幻想吗？什么传说中的王子，还不是脑袋里的粉红虫子在搞怪。”

“哎呀，你怎么可以这样说呢！”

远子学姐立刻生气得鼓起脸颊。

“为了爱情兴奋期待、胆战心惊才是人类最直率的感情！人类从几亿年前就开始谈恋爱了。”

“几亿年前还没有人类吧？”

“就算是恐龙，还有水啊、花草啊，万物都是会恋爱的。”

“是吗？达尔文听到一定会吓坏。”

“哼，心叶动不动就摆出这种冷淡的表情，所以写出来的故事才会缺乏魅力。”

“我才不想听没胸部的妖怪教训我。”

“太过分了！竟然对纯情女高中生说出这么伤人的话！我才不是妖怪，只是个文学少女！还还还还还还有，我计划今后才要开始让胸部长成橘子！”

胸部长成橘子？什么玩意儿？

“我不管心叶了！我要绝交！”

“这样啊，请便。”

“不准超过这条线！”

远子学姐用脚画了一条线（虽然看不到），然后像毛毛虫一样把自己卷在窗帘里，不悦地转过身去。

我看到她这么孩子气的态度也很不高兴，又自顾自地玩起填字游戏。

雪女、河童是什么？□怪。

我用自动铅笔用力地写下“妖怪”。

室内静悄悄的，只听得见雨声，感觉好沉闷。

可是我和远子学姐都死撑着不肯先开口，背对背沉默不语。

大概经过三十分钟。

我开始觉得烦躁，填字游戏也玩不下去了。

“咕噜……”

突然传来这个声音。
我回头一看，远子学姐满脸通红。
“你你你你你刚才听错了！那绝对不是我肚子叫的声音！”
正当她死命辩解时……

“远子，好久不见！”

三个女生出现在门口。
她们都穿便服，看起来像大学生，似乎是远子学姐的熟人。
远子学姐也放开窗帘，笑着跑过去。
“哇！真的好久不见呢！”
“远子还是绑辫子耶。”
四个人哇啦哇啦地吵个不停。
我仿佛坐进载满女生的车厢，很不自在地缩起脖子。
“对了，藤已经来过了吗？”

藤？

我顿时竖起耳朵。
“没有耶。藤之君会来吗？”
远子学姐的声音很兴奋。
“嗯，藤说要来找远子。”
“哇！好期待喔！”
藤之君要来？
“藤最喜欢的就是远子。”

“就是啊，那次夏天的集训，藤还和远子两个人偷溜出去。”

“对啊！真是被打败了！”

“后来藤的后援会也解散了呢。”

她们到底在说什么？

所谓的夏天集训，是远子学姐被叫去当女佣的排球社集训吗？两个人偷溜出去、藤的后援会解散……我没听完的后续还发生什么事？

远子学姐害羞地脸红。

“当时藤之君的粉丝也一直埋怨我呢，真可怕。不过，最重要的还是藤之君的心情啊。”

“嗯，也是啦，听到那么直接的交往宣言，也只能认输了。”

交往宣言！

“对了，藤送的那首《夏衣》是从哪来的啊？”

远子学姐喜滋滋地说道：

“那是《跨不过逢坂的权中纳言》的主角中纳言为冷漠公主吟的诗喔。”

“逢坂？中纳言？什么东西啊？”

远子学姐再次展开《堤中纳言物语》讲座。

大家都一脸好奇地听着。

“……公主实在太冷淡，怎样都不肯露面，所以中纳言终于决定溜进公主的房间。

“进房以后，中纳言真的和公主直接对话了，可是就算他使出眼泪攻势，公主坚决的态度依然没有动摇。

“这场持久战延续到深夜，中纳言担心再这样下去会让公主的名声受损，但又由衷希望公主能明白自己的心情，所以吟了一首诗。

“那首诗就是《夏衣》。”

远子学姐开始吟唱。

怨尤憾恨莫须有，
难越夏衣为几何？

“憾恨？是说他很恨公主吗？”

“不是，这是说自己本来就是单方面地爱着对方，即使不能得偿所愿也不会怨恨任何人——也就是并不埋怨公主的态度。

“下一句是问，公主何以如此冷淡，始终不肯让他跨越像夏衣这么薄的隔阂。

“我是多么希望能除去这层薄得有如夏衣的阻隔啊……这首诗形容的就是这个悲切的心愿。”

“哇，好浪漫喔。”

“远子真不愧是文学少女。”

“都是这首诗的帮忙，才促成一对情侣呢。”

“我也好想请远子传授一些有用的情诗。”

“啊，好像很不错。”

我自个儿玩着填字游戏，越来越觉得坐立难安，便起身走出教室。

虽然远子学姐叫着“啊！心叶”，我却头也不回地离开。

◇　◇　◇

什么薄如夏衣嘛。

什么促成一对情侣。

让远子学姐饿得肚子咕噜叫吧。

我不明白为什么会有一种胃痛的感觉。

我又不像贪吃的远子学姐一样会乱吃东西。

可是，看到远子学姐一听见那个藤就红了脸、眼睛发亮，一副开心的模样，我不禁气愤难平。

是说远子学姐要和谁交往都跟我无关，反正她和那个藤也不可能顺利发展。

啊，不过她们刚刚才提到藤要来文化祭。

事到如今干吗还要回来啊？

藤知道远子学姐是个吃书的妖怪吗？不可能，她一定会死要面子地隐瞒，所以才导致分手……话说校外来宾会参加土风舞吗？不对，这跟我又没有关系。

一个人到处看展览也很无聊，所以我回到自己的班上。

我们班经营的是相命馆，但其实只是打扮成巫女、非洲巫师、算命仙，看看水晶球或是手相，随便胡诌一通而已。

我负责的工作是搭布景，不需要接待顾客。

可是……

“井上！你回来得正好！算命师不够了，你来看手相吧。”

“咦咦咦咦！”

“话剧社在体育馆表演，大家都跑去看戏啦。”

“喔喔，就是成人版的《罗密欧与朱丽叶》啊……我看他们的广告说有很多挑战尺度的火热演出呢。”

“是啊！演朱丽叶的是超级性感可爱的宝田学姐耶！海报上的朱丽叶服装已经很暴露，胸部简直快要跳出来。所以我也要去体育馆，接下来就拜托你啦。”

“等、等一下，我不会看相啦……”

再叫也是枉然，剩下的男生全都跑去体育馆了。

女生们也都说饰演罗密欧的安藤学长多潇洒、多帅气，裸露也很有看头，一窝蜂地跑向体育馆。

裸露也很有看头……这到底是哪门子的“罗密欧与朱丽叶”？高中的文化祭可以上演这种东西吗？

我垮着肩膀，坐在占卜区的椅子上。

四周围着黑色布幕，营造出诡谲的气氛，桌上摆着放大镜和手相的参考书。

“井上，山下他们直接穿着戏服去体育馆了，所以你穿这个吧。”

同学交给我一件黑色披肩。这和非洲巫师比起来已经很好了，可是边缘挂着一大堆流苏，穿起来还是很丢脸。

算了，反正大家都去体育馆，应该不会有客人上门吧。

正当我翻起手相书的时候——

“请、请问……”

有个穿着学校制服的女生战战兢兢地出现在教室门口。

咦？那个人是图书委员琴吹同学。

她和我一样就读高一，是个表情有点凶悍的漂亮女生，身材也不错，我们班的男生都很欣赏她。我有时会看见她在图书馆的柜台工作，但我不太会应付这种类型。

我会这样说，是因为借书的时候她常常瞪着我，然后不高兴地别开头，要不然就是语气很凶。

我每次都忍不住心想，我是哪里得罪琴吹同学吗？还是远子学姐在图书馆干了什么好事，搞得我这个学弟也被视为同类，所以她才要这样紧盯着我？

除此之外，我实在想不出她有什么理由瞪我。

啊，说不定她对其他人也一样吧，我们班的男生经常说"琴吹七濑那种泼辣的样子真棒"。

总之，琴吹同学现在就站在我们教室的门口。

她一对上我的视线，立刻吃惊地一抖，然后又像平时一样凶狠地瞪着我。

"这里可以算命吗？"

她以蕴含怒气的语气问道。

"啊……嗯。"

我努力露出生意人的微笑。

"要不要算算看？一次一百日元。"

其实我心想的是自己对手相占卜没有半点自信，满心期望她会拒绝，可是琴吹同学认真地瞪着我，然后慢慢走近，坐在椅子上。

哇！真的来了！

没办法，只好硬着头皮用手相书撑过去。

“呃，请问你想要占卜什么呢？”

“……可、可以占卜什么？”

她撅着嘴说。

“像是学业啦、健康啦、爱情啦。”

“爱情？”

不知怎的，她瞪大眼睛、满脸通红。

“啊，要算爱情吗？”

“谁、谁说要算那个了？不要擅作主张！”

“对不起。”

“不、不过，既然你这么希望占卜爱、爱情，就让你看看吧。”

她依然不悦地转开脸。

当然，我不怎么渴望占卜琴吹同学的爱情，但我觉得，如果反驳一定又会惹她生气，所以姑且回答：“那就来看爱情吧。”

我翻开手相书。

呃，恋爱运的部分……喔喔，是这里吧。

我翻开那一页，然后说：

“不好意思，手可以让我看看吗？”

“啊？”

琴吹同学转过头来，脸变得更红。

“手、手手手手？我的手？”

“呃……因为这是看手相。”

有必要这么慌张吗？

琴吹同学一脸不高兴，视线到处飘移，然后才战战兢兢地伸出右手。

"请容我看看。"

琴吹同学倒吸一口气。

我又不是真正的占卜师，看她这么认真的模样，让我真不知该如何是好。

当我正要轻轻捧起她的手时……

"还还还还是不用了！"

琴吹同学用力挥开我的手，当场站起来离开。

我的手停在半空中，整个人都呆住了。

怎么这么突然？

她那么激动地挥开我的手，是因为不想让我碰她的手吗？

难道是我摸她的动作太下流？

我自认为是很寻常地拉过她的手来看耶，还真是有点打击……

"唉……"

正在叹气时，又有个客人坐下来。

我的视线一角出现制服的裙子。

又是女生啊？

这次还是别摸人家的手好了。

"请帮我看恋爱运。"

听到这个清澈明亮的声音，我吃惊地抬起头。

绑辫子的文学少女正对我露出微笑。

"你来干什么？"

"哎呀？这里不是相命馆吗？除了算命以外还能做什么？"

远子学姐面带笑容地说。

"文艺社呢？"

“我贴了一张纸条，写上‘请自由参观’，没问题的。”

我有点想问她难道不用留下来等待藤之君吗？结果还是没说出口。

不对，说不定他们已经见过面，所以她才会这么开心。

“好啦，心叶，为你尊敬的学姐好好地占卜运势吧。”

她像是完全忘记刚才大喊要和我绝交的事，愉快地伸出右手。

我抓住她的手。

“怎样？是不是快要有像《红与黑》的于连那样热情的对象出现啦？”

“……那个人不是诱拐了有夫之妇，最后被判死刑吗？”

“这种悖德之处正是他的魅力所在啊。”

什么悖德的魅力？什么热情的对象？

喜欢完校园王子又喜欢罪犯？太花心了吧！

而且，为什么她刚刚还像孩子一样气得脸颊鼓鼓的，没过多久又可以笑得这么天真呢？

她老是这样子。

就算我在生气或是陷入低潮，她还是会若无其事地靠近我，以开朗得令人愕然的态度对我说话。

虽然她的天真有时还真令我庆幸，今天却特别让我生气。

对了，如果太轻易原谅她，可是会养成习惯。

我冷冷地断言说：

“全都差到极点。”

“咦咦！”

“你根本没有半点恋爱运嘛。太喜欢幻想，没办法区分现实和想象，所以很容易碰钉子。个性太强硬，会吓到你喜欢的人，所以很可能搞砸。死要面子，明明生性散漫又爱吃，却又拼命隐瞒自己不会煮饭的事实，一再勉强自己，终究会导致失败。啊啊，感情线的这里、这里、这里还有这里都断了，看来不管和谁交往都不会长久。

“生命线倒是又深又长，是不是因为太厚脸皮？智慧线尾端的分叉也太多了，个性显然很三心二意，像花蝴蝶一样四处留情，结果只会让真正喜欢的人溜走。还有，你完全没有婚姻线耶，八成会单身一辈子吧。”

远子学姐气得满脸通红，浑身颤抖。

“少胡说，我明明有婚姻线，你看仔细一点啦！”

“喔喔，浅得跟没有差不多呢，害我以为只是皱褶。说不定用肥皂洗一洗，就会消失得无影无踪。”

“怎、怎么可能消失啊！好过分，太恶劣了，你这个冒牌算命师！”

“不高兴的话你自己算啊。”

“好啊，算就算。”

远子学姐气鼓鼓地抓住我的右手手腕。

咦？

她把我的手拉过去，盯着我的手心说：

“哎呀，多么鄙俗的生命线啊！歪七扭八的，完全表现出这个人的个性。感情线和智慧线也很错综复杂。恋爱运很差，少一根筋的发言和态度老是会伤害女生，很快就会遭到报应、碰上大灾难哟，这个手相都显示得很清楚。”

我也拉过远子学姐的手，不甘示弱地回嘴：

“远子学姐才惨呢，感情线一路延伸到食指，这是很容易受骗上当的掌纹喔。”

“总比你的生命线长到手腕上还好吧，一天到晚惹麻烦，把身边的人都扯下水，真是恐怖。”

“远子学姐自己才是这样吧？看就知道我行我素，对男友颐指气使，交往之后也撑不了多久。”

“什么嘛，心叶自己才是个有四条婚姻线的劈腿男！”

“你的感情线在中间拐了弯耶，大概因为是妖怪吧。”

“我才不是妖怪！”

我们看着彼此的手相，互相出言讽刺，吵得没完没了。

骂到痛快以后喉咙都哑了，人也累了。

“……我看可以停战了吧？”

“是、是啊……”

远子学姐也喘着气说。

然后，她又抓起我的右手。

“最后让我这个‘文学少女’来告诉你真正的占卜结果吧。”

我疲惫地想着“还来啊”，此时温柔的声音伴随甜美的气息悄悄窜进我的耳朵。

“……心叶的运势虽然暗涛汹涌，但是一定可以开拓出灿烂的未来。迟早会碰到真正适合自己的完美女孩，也会和那个女孩坠入幸福的爱情喔。”

远子学姐轻轻微笑，眼中泛出温柔的光彩。

看到她突然露出这种表情，说出这样的话，令我不禁心跳加速，都不知道该怎么响应。

糟糕，脸变得好烫。

我猜自己一定脸红了。

她怎么可以突然使出这种违规的招式啊？明明刚才还凶巴巴的，气得快要哭呢。

“心叶啊，你一定会谈恋爱的。到时你就不会再说恋爱很无聊了。”

远子学姐轻声说道。那是像姐姐般体贴的语气。

心脏跳得越来越大力。

“……多管闲事。”

我甩开她的手。

远子学姐依然保持微笑，温和的眼神注视着我。

我不好意思地撇开目光。

就在此时……

“喂，你要来这种地方吗？”

“一下子就好了，拜托嘛。”

在这样的对话之后，一对身穿便服的情侣走进来。

远子学姐顿时站起身。

“藤之君！”

什么？这个人就是藤之君？

我抬头一看，当场张口结舌。

站在我面前的是一个高大的男人，手臂、肩膀的肌肉纠结，留着一头利落的短发，眼神异常锐利，嘴唇不悦地抿起，神情像流氓一样凶恶。

这哪里是眼神忧郁的校园王子啦！

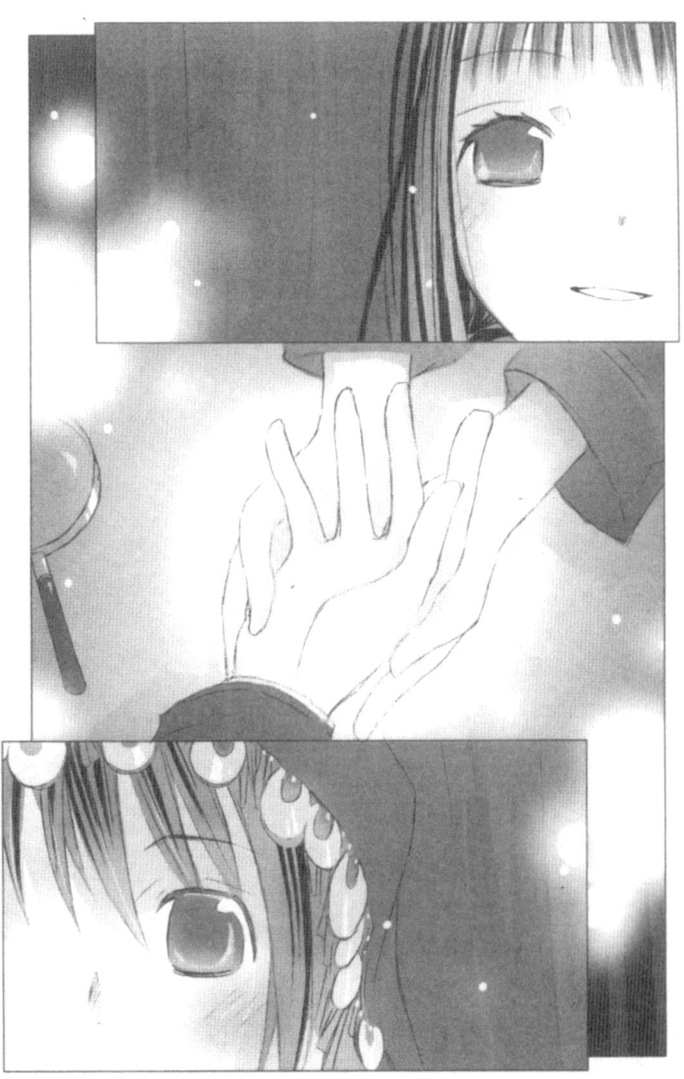

难道他是被排球打到，整张脸都变了？

这时有个清脆的声音说：

“好久不见，远子。”

和长相完全不符的温柔声音再次令我大吃一惊。

不过，这声音是另一个人的。

相貌凶恶的男人身边有个拘谨伫立的人，看起来有如风雅的浅紫色藤花。

肌肤白皙透明，双眼清澈明亮，嘴唇、眉毛和鼻子都很细致而美丽，就像出自名匠的巧手雕琢。

这两个人站在一起根本是美女与野兽……

“我正准备去你那里打声招呼。”

“嗯，我已经听排球社的学姐提过了，正在期待呢。藤之君和伊丹学长看起来都很有精神耶。”

伊丹学长？

我记得听过这个名字。

似乎是在集训时骂了藤之君，搞得女排社群情激愤的男排社主将……

呃……咦？

“心叶，我来帮你介绍。这是今年刚毕业的藤之君和伊丹学长。藤之君，这是我们文艺社的学弟，叫做井上心叶。”

“我是远子的学姐，叫做藤多香子。你好，井上同学。”

优雅微笑的藤，是个长发披肩的女生！

她才是藤？那个长相凶狠的是伊丹？

“藤之君是女生吗？”

我忍不住叫道，在场三人都呆愣一下，然后远子学姐睁大眼睛。

“哎、哎呀！心叶真是的！我从来没说过藤之君是男生吧？”

“你说那个人是校园王子，有很多女生仰慕，甚至有后援会，我怎么想都应该是男生啊！”

藤学姐的脸都红了。

“说、说的也是……女生竟然有女生组成的后援会，的确很奇怪。大概是因为我的身高有一百七十四公分，所以大家都不把我当女生看吧。”

“啊……对不起，我不是那个意思。呃……我只是没想到这么漂亮的女生会是藤之君……”

“没有啦，我在排球社的时候还是短发，比现在更像男生。”

“才不是呢，藤之君在那时候已经很有女人味了。伊丹学长，你说是吧？”

远子学姐抬头问道，一脸凶狠模样的伊丹学长低声回答：

“别问我。”

后来，远子学姐继续说起暑假集训那个晚上发生的事。

大家回房间之前，远子学姐和藤之君悄悄地离开宿舍。

在月光照耀的沙滩上，藤之君说出她对伊丹主将的爱慕之情。

“我自从高一看了男排社的比赛以后就喜欢上伊丹。可是，伊丹只觉得我是个喜欢被女孩子包围的男人婆，很讨厌我。像我这么高大的女生向他告白也只会让他觉得困扰吧……唉，我还是没办法告白啦，远子！伊丹根本不把我当女生看嘛。”

“不会的，伊丹学长一定感觉得到你的女人味。”

“是、是吗……”

“是啊，我这个读遍古今中外爱情小说的文学少女一定不会看走眼。如果他对你毫不在乎，才不会那么凶狠地骂你。照我看来，你们两人只隔着一层夏衣。”

“夏衣？”

“是啊。如果伊丹学长能再缩短一层夏衣的距离，一定可以更顺利。所以，我们就让他走近一层夏衣的距离吧。”

远子学姐笑着说完，要藤之君写一封信。

内容只有短短一句话，表示有话想告诉他，请他明天晚上来到海边的松树旁，然后还附上《跨不过逢坂的权中纳言》里面那首《夏衣》的诗。

怨尤憾恨莫须有，难越夏衣为几何？

远子学姐将这首恳求除去薄如夏衣般隔阂的诗歌夹在自己带来吃的《堤中纳言物语》文库本里，交给伊丹学长。

“她突然给我一本书，我打开里面的信一看，发现一首莫名其妙的诗，完全搞不懂是怎么回事。”

伊丹学长皱着脸说。

远子学姐微微一笑。

“这就是重点啊。搞不懂会让人更想知道，所以你才会违反规定去见藤之君。”

伊丹学长的嘴巴抿得更紧。

远子学姐的战略奏效了，当天晚上伊丹学长苦着一张脸出现，藤之君就向他表白自己的心意。

因为伊丹学长脸红得像章鱼似的大喊“够了！别再说了！闭嘴啦”，所以他们两人当时有何互动，我也只能光凭想象。

总之，他们两人后来就开始交往。

伊丹学长在藤之君后援会那些女孩面前紧紧搂着她，咬牙切齿地说：

“藤在和我交往，所以你们放弃吧，以后别再缠着我的女朋友。”

那些女孩吓得半死，后援会也立刻解散了。

“所以，远子是我们的红娘呢。”

藤学姐脸红地笑着说，她身旁的伊丹学长也面红耳赤地别开了脸。

远子学姐一直笑眯眯的，一脸幸福地看着他们两人。

藤学姐和伊丹学长亲昵地相携离去，话剧社的表演也结束了，同学们纷纷回来，我便和远子学姐一起回到文艺社的展示会场。

雨已经停了，黄昏的金光从窗口射入，尘埃在其间飞舞。

“心叶，我肚子饿了。”

由于远子学姐拉着我的袖子央求，我便从笔记本撕下用“土风舞”“学长”“约定”写成的三题故事，交给贪吃的学姐。

“耶！我要开动了！”

屈膝坐在铁管椅上的远子学姐用双手接过去，开心地阅读。

她从边缘撕下一小片放进嘴里，咀嚼片刻之后一口吞下。

“呵呵，女孩向路边的地藏菩萨祈祷，运动会时可以和爱慕的学长一起跳土风舞。就像摆上柳橙切片的马芬蛋糕一样，既蓬松又酸甜呢。”

她吃得一副幸福的模样，但一下子就变了脸色。

“呃……为了求地藏菩萨实现愿望，女孩发愿要把每天午餐吃的面包拿一半去供奉……可是这一天的午餐是她最爱的红豆面包，她忍不住整个吃光，没东西可以拿去供奉……

“运动会当天，土风舞时间开始了。再一下……只要再一下就会轮到心爱的学长。这、这种紧张感是怎么回事？一点都不甜嘛，还有点辣辣的，就像马芬蛋糕的面团掺进辣椒粉似的……接下来到底会发生什么事呢？

“啊！啊！终于碰到学长的手了！呀啊啊啊啊啊啊啊啊啊！地面竟然冒出一根根巨大的叉子！前端十分尖锐……啊啊，讨厌啦，干吗写成这样子！女孩、学长还有其他同学都被叉子刺穿……这是地藏菩萨的报复吗？只为了没吃到红豆面包就怀恨在心？这也太夸张了吧，地藏菩萨……呜呜呜呜，充满少女梦想的松软马芬蛋糕竟然掺杂超辣的泡菜炒蝗虫啊！”

远子学姐攀着椅背啜泣。

“好过分！你太过分啦！心叶！本来应该是个可爱又美味的故事呢！”

“这个转折还比不上藤之君的故事吧。”

“明明是你自己误会人家是男生的！”

远子学姐泪眼蒙眬地看着我。

我的胸中有点痛，心想自己是不是太不成熟。远子学姐一脸憧憬地叙述藤之君的事情时，我为什么会那么生气呢……

一想到这里……胸口又涌上难以理解的情绪……

一定是因为雨下个不停，两个人一直无聊地关在教室里，所以我才会累积那么深的郁闷吧。

现在已经明亮多了。

窗外的金色黄昏已经变成艳红的夕暮，窗口红得有如燃烧的火焰。

土风舞在预定的时间开始，校内广播请要参加的人去操场上集合。

远子学姐还抓着椅背，抽抽噎噎地吸着鼻子。

“远子学姐，土风舞要开始啰。你不去吗？”

“呜……都是因为坏心眼学弟写的点心，我的胃都痛起来了，走不动啦。”

“那还真是抱歉。”

“你真的觉得抱歉吗？”

“大概吧。”

远子学姐伸出手。

什么？要我陪她去操场吗？我正这么想，她就抬起头说：

“你在这里陪我跳吧，这样就原谅你。”

“什么？”

俄克拉荷马混合曲的旋律从窗外轻轻飘进来。

远子学姐笑得像堇花一般动人。

我僵硬地牵起她的手。她站起来，笑容更加灿烂。

我们手牵着手开始跳舞。

远子学姐和我十指紧紧交握，她纤细的双脚踏出舞步，辫子随之摇曳，散发出清纯甜美的香气。

她在原地转一圈，又回到我的面前。

看着发窘的我，她微微一笑，再次扣住我的手指，稍微屈膝敬一个礼。

然后，我们又开始跳舞。

向晚的教室中，我们两人一次又一次地旋转。

远子学姐一直很高兴。

每次眼神交会，她都露出堇花般的笑容。

“心叶，中纳言向公主吟出《夏衣》这首诗之后，《跨不过逢坂的权中纳言》的故事就结束了。后来公主回给他怎样的诗歌，两人之间有什么结果，都只能靠读者自己去想象。”

远子学姐凝视着我，眼中闪烁着知性的光芒。

“我想，中纳言的真情一定传到公主的心中了。”

轻柔甜美的声音。

她和我相系的指尖好柔软，感觉很舒服。

就像薄绢般的触感，轻柔得好像随时会融化……

即使我们如此靠近，每天畅谈无关紧要的对话，我还是不时会有一种奇妙的感觉，觉得远子学姐和我之间有如隔着一层像空气般的薄衣。

远子学姐简直像个书中人物，本身就有一种朦胧的感觉。

在那层翩翩摇曳的薄衣之后，真实的远子学姐若隐若现，令我感到迷惘。

话虽如此，她手心的温度还是透过这层薄衣传过来。

既轻柔，又温暖。

和远子学姐手牵手，让我觉得好安心。

——心叶啊，你一定会谈恋爱的。

远子学姐的预言仿佛又在我的耳里回荡……我心想，我才不可能再谈恋爱，绝对不会有这种事，但脸颊还是悄悄地热了起来。

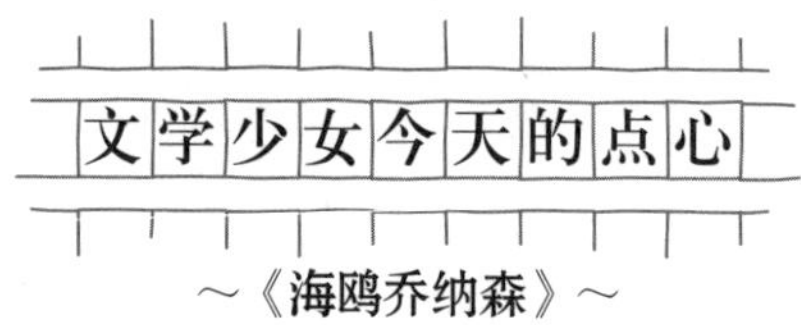

～《海鸥乔纳森》～

我看过这样的远子学姐。

第二学期开始，气温逐渐变凉，某一天放学后。
远子学姐抱着垃圾桶，在校园的后庭走着。

啊，是远子学姐。
今天轮到她打扫。

我盯着她细长的辫子像猫尾巴一样轻缓地晃动。
远子学姐突然跳了起来。

蹦！
蹦！
蹦！

接着，她依然一直跳向半空中。
双腿后弯，辫子飞跃，一个劲地跳个不停。
仿佛一只想要跳上柳枝的青蛙。

蹦！

蹦！

???

远子学姐到底在干什么?

难道是被雨蛙的鬼魂附身?

她原本已经是个吃书的妖怪，说不定真有可能发生这种事。

我瞠目结舌地在后面看着。

只见她使劲地高高跳起，垃圾桶里面的东西都洒出来。

唉唉，果然弄翻了。

远子学姐慌张地蹲下。

她白皙的脸颊红了起来，急匆匆地捡起垃圾，像在反省似地垮下肩膀，然后又抱起垃圾桶离开。

走到校舍的转角时，她四处张望一下，然后又一次……

蹦！

看样子她决定跳得小心一点。

“……”

当做没看到好了。

我浑身无力地走向社团活动室。

校舍西侧的文艺社里堆满旧书。

年代悠久的榉木桌上摆着五十张一迭的稿纸和自动铅笔。

没过多久远子学姐就来了，还挂着满脸笑容。

“你好，心叶。我今天做了不少运动，现在肚子好饿喔！快点写些什么吧！”

所谓的运动，是指在后庭蹦蹦跳吗？

算了，最好别管她。

“真的可以随便我写吗？”

我按出 HB 自动铅笔的笔芯，一边出言确认。

远子学姐笑得像花朵般明媚，点头回答：

“是啊，你可以自由选择题目，不过今天限时三十分钟。预备，开始！”

洁白的手指喀喳一声按下银色马表。

她在窗边的铁管椅坐下，满心愉悦地看着我写字。

远子学姐脱掉鞋子，屈膝坐着，把一本薄书放在腿上。

樱花色的嘴唇吐出叹息般的轻语。

“《海鸥乔纳森》吃起来像海鲜色拉呢。

“如同弹性十足的虾子、纯白的花枝、会吸在舌头上的新鲜章鱼、带有阳光香味的辣椒、鲜脆的芹菜和小黄瓜，再洒上橄榄油和柠檬汁的味道。”

她老是像这样以纤细的手指翻着书，露出幸福的表情自言自语。

接着她撕下一小片白纸，轻轻含在口中，感叹地说：

“啊啊，果然很美味！爽口的海潮香味和虾肉的弹牙口感真叫人兴奋！带有水分的芹菜让人食指大动！爽脆的荷兰芹也很棒呢！”

她闭着眼睛感动得颤抖，然后愉快地继续说：

“作者理察德·巴赫在一九三六年出生于美国伊利诺伊州。

“他曾经加入空军，取得飞行员的资格，除役之后成为自由作家。他当过航空杂志的编辑，也曾回到空军，人生之中有很大一部分是和飞行一起度过。《海鸥乔纳森》是巴赫的第三本作品，发行于一九七〇年，是畅销全球的名著呢。”

封面勒口的作者近照看起来好性格、好帅气！

远子学姐面带灿烂的笑容，以清澈的声音说着：

“海鸥多半把果腹看得比飞行重要，几乎都是为了填饱肚子才飞行，但是主角乔纳森·利文斯顿是一只特立独行的海鸥，它把飞行看得比觅食更重要……

“对，乔纳森喜爱飞行胜过一切。

“为了飞得更高、更快，它从早到晚都在反复练习以及实验。

“它的父母很无奈，其他海鸥也以异样的目光看它，不过它就算瘦得只剩皮包骨，还是一直朝着目标持续飞行。

“坦白说，我觉得‘吃东西’也是非常重要。把吃东西当做人生的目的也不错啊，因为这世上有太多好吃的东西了，如果走这一遭却不好好品尝，不是太可惜了吗？吃东西可以让人获得喜悦和幸福的感受，这是不变的真理喔！不过，把飞行看得比吃东西更重要的乔纳森所拥有的崇高信念、穷究钻研的坚强和悲伤，还有它那孤单的侧脸，都深深打动读者的心，让人忍不住想全力声援它呢。”

远子学姐的语气仿佛在谈论崇拜的运动选手。

但是，她叙述的对象不是日本职业足球联盟或甲子园的帅哥选手，而是海鸥。

海鸥哪来的孤单侧脸啊？

我实在很想吐槽，但是时间所剩不多，只好默默地继续提笔写字。

远子学姐撕碎书页，陶醉地“巴哒巴哒”吃个不停，同时心荡神驰地继续畅谈那只曲高和寡的海鸥。

“后来它突破极限，达到三百四十二公里的超高速，而且还是海鸥史上有能力进行特技飞行的第一人（？），开心得不得了。

“它想把这件事情告诉其他海鸥，希望所有海鸥了解，只要勤奋不懈地努力提升自我，就可以飞得更出色。

“学习！发现！飞向自由！

“啊啊，这是多么美妙呀！

“可是，其他海鸥只觉得乔纳森是个难以理解的怪胎，甚至把它赶走。”

远子学姐含着撕碎的书页，哀伤地垂下眼帘。

“乔纳森变得孤零零的，但还是继续练习，期望可以突破极限之上的极限。

“某一天，有两只像星光一样耀眼的海鸥出现了。这两只拥有绝妙飞行技巧的海鸥是来迎接乔纳森的天使喔。

“故事到这边是第一部，接下来的第二部、第三部越来越富有宗教性质和神秘的味道。像是调味渐渐减少，食材也变得透明而不具体……如同咀嚼蒟蒻似的，有种奇特的口感，不过吞入肚中还是很有饱足感。感想因人而异，或许也会有人觉得味道很不对劲吧。

“用寓言形式表现出乔纳森的际遇和思想，或许更能引人深思呢。可是呀……”

远子学姐温柔地扬起嘴角。

“乔纳森和徒弟弗莱奇的交流也很感人，会让人忍不住思考，这句话蕴含着怎样的意义？为什么会如此感伤呢？

“为什么其他海鸥不能理解乔纳森？乔纳森并没有做错什么事吧？

“像这样逐一分析、想象，真的很有趣。它的生活观太严谨，我实在没办法仿效，但还是有一点憧憬。

“啊啊，我也想要秉持着如此坚强纯粹的心，朝天空飞去。

“就算平时只在地面上优哉过活，看了这本书就会让人不自觉地挺直腰杆，每天朝着目标勇往直前喔。”

远子学姐说完这番积极进取的感言之后……

“我看还是来减重吧！这样或许能变得更轻盈，也能飞得更高。”

她一边扭腰一边思考，和乔纳森真是天差地远。

“你再瘦下去的话，连那点平坦的胸部都会整个不见喔。”

我撕下写好的三题故事，冷静地吐槽。远子学姐红着脸遮住胸部说：

“什么嘛，竟然对社长说这种话！只是个小社员还这么没礼貌、这么不客气。”

“只有我们两个人，还分什么社长和社员。你不想要点心了吗？”

“要！我要开动了！”

原本鼓着脸颊的远子学姐立刻转换心情，满脸笑容地伸出双手。

“呵呵，厨师精选的题目是什么呢？希望是又香又甜。”

她满心期待地阅读，一边撕碎纸张放进口中。

“穷鼠”“血海”“地狱哀号”。

用这三个词汇写成的三题故事果真威力惊人。

“讨厌啦……受虐的大群老鼠随着血海涌来啦……

“它们爬进人们的衣服里……到处乱咬……血喷得到处都是……

“最厉害的猫‘地狱哀号’也被他们宰掉！

“好辣！辣死人了！简直是超辣的泰式酸辣汤里面洒上一圈圈辣椒粉、塔巴斯科辣椒酱，还有磨碎的山葵啊啊啊！”

看着她一边惨叫一边跳脚，我又想起打扫时间的事。

那到底是在干什么？

“心叶真是太恶劣了！”

远子学姐泪眼婆娑地瞪着我。

“讨厌，你等着吧，我一定会让你对我刮目相看！

“我要成为化不可能为可能的乔纳森，让你见识何谓完美的进化！”

说出这句莫名其妙发言的一周后，远子学姐在班际球赛之中崭露头角。

排球比赛时，远子学姐高高跳起来准备进攻。

但是，她的秘密特训没有奏效，而是一头直接撞上网子。

“文学少女”终究无法成为乔纳森。

后来。

远子学姐哭丧着脸，手脚和头发缠在网子上的照片开始在校园内流传。

同学卖给我的这张可耻照片，被我偷偷地塞进抽屉最深处。

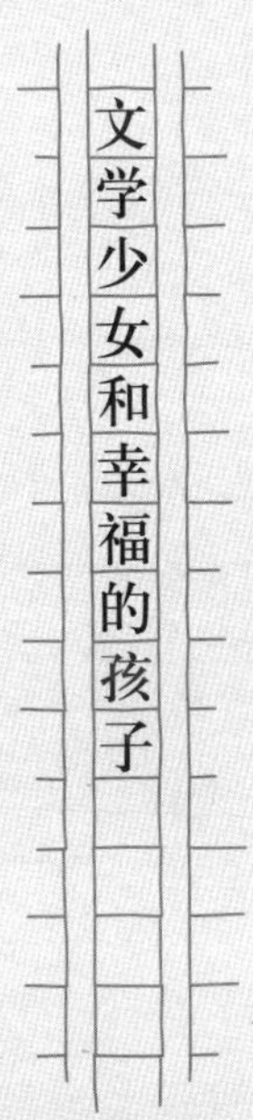
文学少女和幸福的孩子

我以前是个幸福的孩子。

直到初中三年级的初夏，看见你带着微笑从顶楼坠落为止……

高一那年的冬天刚开始，我过着平凡的生活。

“路上小心喔，心叶。”

妈妈笑容可掬地交给我裹着包巾的便当。

“哥哥，回来以后再和我继续玩昨天的游戏喔！”

还在读幼儿园的妹妹也攀着我的腿，天真地说。

“嗯，舞花，我们约好了。妈妈，谢谢你帮我准备便当，我出门了。”

“哥哥慢走！”

穿着宽松幼儿园制服的舞花在我背后用力地挥动双手。

在家人的目送下，我一如往常地走向学校。

凉爽的空气里，鲜红的山茶花正值盛开。天空有点灰暗，但好像还不至于下雨，只是显得很沉静。

我离开住宅区，走在逐渐染了冬天色彩的林荫道上。

匆忙经过身边的行人车辆，丝毫不能引起我的兴趣。

一成不变的早晨，一成不变的上学道路。

就算到了上课或下课时间，这些景象也一定和昨天相同，毫无变化。

放学后去到文艺社，绑辫子的怪学姐想必是照样屈膝坐在窗边的铁管椅上，对我打招呼说："你好，心叶。我肚子饿了，快点写些东西吧。"

我也会满口抱怨，一脸不耐烦地翻开稿纸封面。

和平、安详的世界。我的脚步和平时没有两样，只是一个劲地往前走，感受不到半点不安或恐惧。

但是，那个东西突然出现在我的脚边。

"！"

看到的瞬间，我的背脊一凉，身子缩起。

马路中央躺着一具鸟尸。

黑色的块状物体流出血液，灰色的羽毛散乱在四周，一半的身子已经压烂，内脏如毛虫般爬出，泛黄的鸟喙微微张着，血红的眼睛盯着半空。

这景象窜入眼中的瞬间，我的心脏顿时冻结。

仿佛脖子以下突然痉挛似的，我停下脚步。我没办法转开视线或闭上眼睛，只能脸色发青地僵在原地。

不会动的鸟。

破碎的鸟。

冰冷的鸟。

这让我联想到那个初夏发生的事。

我顿时头痛欲裂，鸟尸在眼底转啊转。接着出现鸟儿坠落的影像，而且那只鸟变成身穿水手服、绑着马尾的女孩。

头下脚上坠落的少女。耀眼阳光笼罩的顶楼。摇曳不停的制服裙子。柔顺飘逸的马尾。在栏杆前回过头，笑得很寂寞的她，那清澈的声音……

——心叶，你一定不懂吧。

那一天美羽如此喃喃说道，然后身子朝栏杆外一倒，往下坠落！

我的指尖微微抽搐，全身冒出冷汗，几乎无法呼吸。

怎么办？我光是看到躺在路上的鸟尸，身体就颤抖得不能自已。虽然我试图移动双脚，但连呼吸都僵住，喉咙难受得像是被人掐住，连一公分都前进不了。

怎么办？我该怎么办？

我露出泫然欲泣的表情，往后退一步，接着又一步。然后……

心脏痛得像是快要迸裂，痛得我冷汗直流。我慢慢退后几步，然后猛然转身，拔腿就跑。

那是鸟！只是普通的鸟！又不是美羽！那只是鸟！

我死命地告诉自己，但那像在谴责我的声音还是如影随形。

——你一定不懂吧。

——心叶，你一定不懂吧。

和平的早晨风光霎时变调，换成殷红的黄昏。

所有东西都蒙上诡谲的色彩，变得朦胧不清。我仿佛在躲避外貌不明的怪物，哭丧着脸不停奔跑。熟悉的道路和围墙像沙堆一般崩塌，使我的脚步跌跌撞撞。我在暗巷里蹲下，开始呕吐。

我吐了又吐，嘴里充满酸呛的液体，胃里发热，喉咙颤抖。

我的双手撑在地面，泪流不止，继续呕个不停。

不知道经过多久的时间。

能吐的东西全都吐光之后，我低着头蹲在暗巷里，像喘气似的急促地呼吸。

非得去学校不可。但是，只要我想起那具鸟尸，身体又会僵硬得像是痉挛，呕吐感和恶寒随之涌出。

那个东西还在吧？

我没有勇气回头确认。

发抖良久之后，我擦擦嘴，摇摇晃晃地起身，拖着脚步走向学校的反方向。

用公园的水龙头洗手漱口之后，我找了一座公共电话，打电话去学校。

我说自己在上学途中突然觉得不舒服，今天想要请假。

可能是我的声音太虚弱，好像随时要昏厥一般，接听电话的老师还担心地问我“没事吧”，并且说会转告我的导师。

后来我漫无目的地走着。

现在如果回家，妈妈一定会很担心。我最近已经很少发作，也能正常上学，父母才刚开始感到安心。

想起他们两人悲伤的表情，我又觉得心里痛如刀割。

我不想再看到那种表情。

待在住宅区似乎很引人注目，所以我走向人比较多的闹区。

可是，这种时间穿着制服在闹区闲晃，看起来不也很奇怪吗？如果有人和我说话该怎么办？我既担心又紧张。

该去哪里才好呢？

我好害怕，实在很想哭。

现在还是上午。如果去快餐店或游乐场，或许会被抓去辅导；就算去 KTV 或便利商店，店员多半也会起疑。

什么地方即使穿着制服也不会显眼呢？

不妙，身体又开始难受了。

干脆去医院吧。对了，穿着制服去那里也不奇怪。

只要和人擦身而过，我就会害怕地缩起身体，好不容易才来到学校附近的综合医院。

我整个人缩在接待室的椅子上。老年人、有妈妈陪同的小孩、戴着口罩的学生，各个年龄层的人在此等候叫号。

我缩紧身体混在这些人之中，看着周围的人们陆续被叫到名字而起身，又开始担心了。

那个男生为什么一直坐在那边？

我总觉得旁人都以疑惑的眼神看着我……

胃开始绞痛，我逃离这个地方。

我到底在做什么啊？

坐在医院中庭的长椅上，我低着头交握双手，喉头颤抖、眼中含泪。

为什么我会变成这样？

美羽跳下顶楼已经是一年多前的事。

为什么我现在看到鸟尸还会想到美羽？

“心叶。”

“心叶。”

冬天的寒冷空气之中传来开朗的声音。

在叶缝洒落的闪耀阳光下，美羽摇曳着长长的马尾，一脸戏谑地望着我。

那是我从小到大最喜欢的女孩。

对了，美羽的生日快要到了。

我每年都很认真地想，送什么礼物最能讨美羽欢心。大概在美羽生日的一个月之前，我就会开始去贩卖女生喜欢的小东西和首饰的店门口徘徊，观望橱窗里的布偶和小珠子串成的项链。

今年送她书衣如何？还是要送天蓝色的笔记本和圆珠笔组合呢？那个有玫瑰图案的茶杯也好漂亮，银色的沙漏亦不错。

每次把烦恼再三才挑出来的礼物送给美羽时，我都会紧张到心脏几乎跳出来。

美羽会不会喜欢？会不会高兴？

天使羽翼胸针是在她十四岁生日时送的礼物。

透明玻璃制造的两片翅膀中央有个金色的圆环，我第一眼看到这个就觉得很适合美羽，因为美羽在我的眼中就像个天使。

美羽看到装在蓝色小盒子里的胸针，立刻“哇”了一声，接着表情变得像个想到恶作剧新招式的孩子。

“心叶，你帮我戴上吧。”

“什么？”

“戴在这里。”

她纤细柔媚的指尖指着自己水蓝色毛衣的左胸。

我不禁犹豫。

“可是……那个……”

“快一点啦，心叶。”

“呃……嗯。”

在她的欣喜要求下，我将羽翼胸针轻轻穿过柔软的毛衣，别上针扣。我怕会不小心碰到美羽的胸部，所以动作很不灵活。

我红着脸满头大汗地奋战，一边喃喃念着“咦……奇怪……”，听到美羽的轻笑从头顶传来，脸颊变得越来越烫。

好不容易别上胸针，却发现歪了。

“对、对不起！”

“真是的，心叶好笨喔。不过无所谓啦，这样就好了。谢谢你的礼物，我很喜欢喔。”

她按着胸口，笑得好灿烂。

我呆呆地看着她耀眼的笑容，然后她又露出恶作剧般的眼神，脸庞朝我贴近。

她樱桃色的嘴唇绽放微笑，对惊讶的我说：

“至于回礼嘛……亲一下好了。”

“！”

“还是心叶想要主动亲我？”

那双淘气猫咪般的眼睛凝视着我，清爽的水果香味搔着我的鼻尖，令我的心脏几乎爆炸。

“怎样嘛，心叶？哪种比较好？我来还是你来？”

美羽迷人的嘴唇已经靠到我的嘴唇前方。

我血气上冲、脑袋发热，忍不住把头转开。

因为太过紧张害羞，我实在不知该做何反应。

结果美羽突然不高兴地抿起嘴唇，伸出双手将我推开。

“开玩笑的啦。你当真了吗？你也太好骗了，真笨。”

她冷冷地说道。

“我还有事，要先回去。”

美羽转身离开。

我觉得好失落、好伤心。

可是，隔天我心情消沉地像平时一样在路边等美羽时，她一看到我就笑得像晨曦般神采飞扬。

“早安，心叶！”

我心跳不已。

太好了！美羽没有生气！

“美羽，那个……昨天真是对不起。”

我急忙道歉，美羽却一把捏住我的脸，令我吓一跳。

她亲切地笑着说：

“心叶真是的，动不动就陷入低潮，真像个小孩子。”

“因为美羽一个人跑走嘛。我好怕美羽讨厌我，吓得都慌了。”

美羽又开心地露出笑容。

“心叶少了我就什么都没办法做呢。”

眼前的笑容和轻轻飘来的香气令我不禁呆住，美羽愉快地注视着我说：

"心叶，你不可以离开我哟。"
温柔甜美的声音轻轻诉说着。

不会的！我绝对不可能离开你！
那时我满心幸福地这么想着。
我要永远和美羽在一起！
没有美羽，我什么都没办法做！

但是，我们后来还是分开了。
那个天使羽翼，是我最后一次送给美羽的生日礼物……

"你回来啦，心叶。今天比较早呢。"
"……嗯，因为没去社团。"
我一边回答，一边小心避免看妈妈的眼睛。
"哥哥、哥哥，你回来啦！来玩游戏吧！"
等我很久的舞花笑着飞奔过来。
"对不起，舞花，哥哥有很多作业，今天不能陪你玩。"
"噢……我们约好了耶。"
"对不起。"
我向神情不满的舞花道歉，然后把自己关进房里。
我坐在床上，捂住耳朵。

不能让妈妈他们担心。

一定要装得若无其事才行。

晚餐是栗子饭、照烧鱼、筑前煮。我的喉咙发干，好像整个收缩起来似的，根本食不下咽。

“怎么回事，心叶？身体不舒服吗？”

“只是……有点感冒而已，睡一晚就会好了。对不起，妈妈，剩下的我明天早上再吃。”

我丢下大半的晚餐，起身离席。

僵硬的笑容从嘴边消失，身体突然变得好重。希望妈妈他们不会发现我今天跷课。

神啊，我向您祈求，希望明天早上能像平常一样。

除此之外，我什么都不奢求。无论是金钱、名誉、才能，我都不需要。

我缩着身体躺在床上，疼痛的胸中不断祈祷。

除了平凡过活以外，我什么都不要。

太阳穴痛得有如被刺穿，身体渐渐变冷。

如果能失去记忆就好了。不只是今天早上的事，真希望连那个初夏在顶楼发生的事也能全部忘记……

我很希望能回到从前，重新来过。

这种痛苦到无法入眠的夜晚究竟要持续到哪一天？

我抓紧棉被，不停颤抖。

啊啊，今天没有帮远子学姐写点心……

我想象着那个绑辫子的学姐摇着铁管椅大吵“肚子饿”的模样，一边咬紧牙关，死命地忍耐痛楚。

如果明天能顺利上学，就帮远子学姐写个香甜的故事吧。

但是……

到了和昨天同样的地方，我的脚又变得像石头一般僵硬。

天空盖着一层铅灰色的云，雨水开始飘降，我用一只手紧握着藏青色的雨伞。

这里清扫过了，鸟尸已经不见。

但是，我想要走过去时，仿佛又在柏油路上看见肢体破碎的鸟和散乱的羽毛，依然无法前进。

躺着鸟的位置像是有一条看不见的线，如果我想越线，心脏就会疯狂跳动，令我无法迈向另一边，身体渐渐变得僵硬。

我想强迫自己抬脚，小腿附近却开始抽筋，外加头昏眼花，嘴里涌上一股酸味。

雨打在伞上的滴答声变得格外响亮，我难受地呼呼喘息，一再尝试，但每次都只感受到冰冷的空气刺痛喉咙，最后还是只能满怀绝望地离开。

我通知学校说我今天也要请假，又像昨天一样躲到医院避难。

坐在中庭的长椅上，我低头拿着伞，坐了很长一段时间，想起自己去年缩在房间里的情况。

“哥哥，为什么不开门呢？我是舞花啊，开门啦，哥哥、哥哥！”

门后传来妈妈安慰哭泣的舞花的声音。

还有爸爸的声音。

“心叶，我这次出差买了八桥饼回来，想吃的话就来客厅吧。京都的枫叶很漂亮呢。”

“心叶，我泡好茶了，要不要一起来看电视？”

爸爸妈妈很有耐心地在门外喊话。他们绝不会破口大骂，勉强把我拉出房外。

我关起窗帘，用棉被盖着头，缩在漆黑的世界里，深深体会到自己以前是活得那样幸福、那样无忧无虑。

有体贴的父母、可爱的妹妹、心爱的女友，还有感情融洽的朋友们。

每天都过得好开心，仿佛生活在灿烂的光芒中，就算有痛苦悲伤也不会持续太久。

身边总是有人在保护我，我是个非常幸福的孩子。

我不禁认为，自己正是因此而遭到天谴。

至今拥有的幸福好像全被剥夺了。

对不起，请原谅我。

我不知道自己到底想对谁道歉，只是在床上一再喃喃说着“对不起、对不起”。

这种令人疯狂的日子过了很长一段时间以后，我表示想要用功读书，准备考高中，爸爸他们听了就帮我买来参考书和题库。

我一直关在房间里用功，因为我除此之外没有事情可做，后来总算考上了。

我顺利地升上高中，在学校也能和同学们正常地谈话，就这样慢慢恢复了从前的生活。

我再也不想和从前一样关在房间里。

我是这么地不愿意再让爸爸妈妈担心，也不想再让舞花难过……

隔天，我又在同一个地方停下来。

雨完全停了，冬天的天空一片晴朗。

可是隐形的线依然残留在原地，我终究无法前进。

我全身僵硬，全身血液退去，所以今天又逃走了。

我也没办法再打电话去学校。

自己的软弱令我好想一死了之，我拼命地跑到医院。

我抱着痛得快要裂开的脑袋，低头坐在中庭的长椅上。

怎么办?

明天、后天，我也会是这个样子吗?

我又要把自己关起来吗?

不要!

恐惧撼动我的心胸。

可是，我实在不知道该如何是好。明天我一定还是去不了学校，想必老师很快就会和家里联络，妈妈他们就会发现我逃课的事。

爸爸和妈妈一定不会骂我，只会露出哀伤的表情。想到他们那样的表情，让我几乎无法呼吸。

“你怎么啦?”

身旁突然有个声音，令我吃惊地抬起头。

有个身穿睡衣，外披羊毛衫的矮小老奶奶担心地看着我。

老奶奶以平静温和的语气对慌张的我说：

“你昨天和前天都出现在这里，是不是来检查身体?还是你认识的人住院?”

她讲起话来带有一点北方腔调，声音又轻又柔，节奏也慢吞吞的。

喉中突然涌起一股热意，我泪流不止，默默摇头。

老奶奶坐在我的身边。

“这样啊……那是很亲近的人过世了吗?”

我心痛如绞，答不出话。眼泪越流越多，声音也哽咽。

“不好意思，问你这么没礼貌的问题。可是……我也是这样。十年前老伴过世的时候，我每天都来坐在这张椅子上想念我的老伴。所以我一看到你，就会想起当时的自己。”

“对……对不起。”

我抽抽噎噎地说。

老奶奶用瘦骨嶙峋、满是皱纹的手指帮我擦泪。

“哎呀，用不着道歉啦。我很想借你手帕，可惜现在没有带。”

她静静地说，手指一边轻轻抚过。

不过，我的眼泪还是继续滚落。

“我也一样……只要想起老伴，就会忍不住掉眼泪，每天都在哭呢。因为我们没有孩子，是只有两个人的小家庭……以后要一个人活下去真是太痛苦了，真不知道要怎么度过一整天。

“可是啊，我有一天想到，我一直哭着怀念老伴，那老伴在天上看到了不是也会很难过吗……

“我们迟早有一天会相见，所以我一定要笑着过日子，绝不能让老伴担心……”

她款款细述的声音既稳重又诚恳，可以想象得出她这辈子是怎么活过来的。

“再过不了多久，我就能见到老伴。你很年轻，可能还得等很久，不过总有一天会和分离的人重逢。”

重逢的那一天……真的会来吗？

我还能再见到美羽吗？

“你看，今天的天气很不错吧？我的老伴现在一定也在天上笑着呢。”

老奶奶眯起眼睛看着天空，我也抬头仰望。

上方是一片湛蓝的晴空。

万里无云，仿佛往四面八方无限延伸的蓝天，光明鲜亮的天空……

微风把我的心思吹向高空。在那片晴空中，浮现美羽的笑容。

绑着马尾的女孩注视着我，笑得像光芒一样耀眼。

我抬头看着天空，哭得更厉害了。

我最喜欢的女孩。

开朗、快活，总是朝着梦想笔直迈进。

她对我肯定地说，她总有一天要当小说家。

仿佛背后长着一对翅膀。

美羽——和这片晴空很像。

但是，我和美羽的关系已经和从前不一样。

我再也无法陪在美羽的身边。

在医院里，美羽的妈妈对我破口大骂，说“不要再来找美羽！她就是被你害到跳楼的”。一想起这件事，我的心又痛如刀割，没办法再看天空。

这天我还是吃不下晚餐。

“心叶，你不用勉强吃完啦。”

妈妈担心地说，好像已经察觉到什么。舞花也只是一直偷偷瞄我，不像平时那样贴过来吵着要我陪她玩。

我躲进房里，躺在床上用耳机听音乐的时候，妈妈走进我的房间。

我拔下耳机。

“天野学姐打电话来喔。”

远子学姐？

“怎样？要听吗？”

“嗯……谢谢妈妈。”

妈妈走出房间后，我抓起分机的话筒。

“……喂？”

我紧张得声音拔尖，然后听到开朗的响应。

“啊，心叶，我肚子饿了。”

正严阵以待的我不禁愣住。

“你已经请假三天，我一直饿着肚子等待耶。”

“你是专程打电话来抱怨的吗？”

“我想啊，你得了感冒，正是虚弱的时候。如果听到尊敬学姐的声音，或许可以激发出写点心的使命感，变得精神百倍呢。”

“我才没有这种使命感。”

我断然声明。

这是什么学姐嘛！打电话给生病请假的学弟，竟然只想着自己的点心。我也真蠢，完全没想到她打来是因为我没帮她写点心。

“远子学姐，我在写三题故事的时候，你不是一直在吃其他的书吗？这样还会饿？你的胃到底是什么做的啊？”

“哎哟，甜食本来就是装在另一个胃里嘛。”

听到她这优哉的回答，我更无力了。

我才不帮她写什么甜食，明天我一定要写个无比辛辣的故事，让她的舌头响起火灾警报。

我如此抱定主意，却又感到一阵心痛。

明天……我还有办法上学吗？

握着话筒的手指渐渐发冷。

“心叶？”

“……”

远子学姐等不到我的响应，似乎很困惑。

“……对不起……”

我想随便说些玩笑话却开不了口，所以只是谢谢她打电话来，便想挂断电话。

“心叶，有个男孩出生在富有的幸福家庭。”

远子学姐清澈的声音说道。

“很多妖精前来祝贺，把世上所有的幸福真珠送给男孩当礼物。堆满男孩床上的真珠像星辰一样闪烁，可是里面少了一颗。”

她在说什么？

是像平时一样谈论小说吗？在这种场合？

远子学姐对着困惑的我继续说：

“保护这个家庭的精灵跑去找拥有最后一颗真珠的妖精。心叶，你知道这颗是什么真珠吗？”

我顺着她的话回答。

“不知道。是什么真珠？”

远子学姐在话筒的另一端柔声说道：

“等你明天来社团，我再告诉你。”

接着她又说：

“那就晚安啰。”

然后便挂断电话。

“远子学姐，你……”

我正要说话时，电话就挂断了。

隔天，我还是在鸟尸出现的地方停下来。

我屏息望着灰色的柏油路。

没事的。

鸟已经不在了。

今天一定可以上学。

我举起僵硬的脚，想要往前走。

像是被五花大绑的鸡一样，我的咽喉突然喘不过气，额头冒出冷汗，全身发寒。

我小心翼翼地缓慢接近。

只要能跨过这条线……

但是，脚移到这里就完全动不了。

果然还是不行！

挫败感刺痛我的心，此时突然有只柔软的手握住我的右手。

“早安，心叶。”

我讶异地望向旁边，有个绑辫子的高年级生对我露出初开堇花般的微笑。

我茫然看着她纯净的笑脸。

和远子学姐相握的手渐渐变热，她温柔的手指和我僵硬的手指互相交缠。

远子学姐什么都没说。

“社团时间到啰，心叶。”

就像来教室接我的时候一样，她只是温和地微笑，温柔地凝视着我。

我不好意思地转开脸。

胸中有股暖意油然而生，还有些骚动不安。

脚和身体依然僵硬，但我试着朝那条线跨出一步。

身体突然放松了。

一步，又一步，我慢慢地往前走。

远子学姐也配合我的速度前进。

她没有拉扯我，也没有抢在我的前方，只是轻抿着嘴，随着我的步伐，一步一步地走着。

在沉默之中，她鼓励似地牵着我的手。我们持续并肩走着，走在同一条路上。

我们呼出的白烟在冬天的寒冷空气之中互相融合，逐渐消散。

远子学姐的黑皮鞋，以及我的蓝运动鞋，以同样的节奏慢慢前进。

一步，又一步。

两人手牵着手，一起走着……

直到沐浴在晨曦之中、闪耀着白色光辉的校门出现在眼前，远子学姐都一直握着我的手。

“好啦，放学后要乖乖来社团喔。今天一定要写个甜蜜蜜的故事给我。”

她轻声说着，放开我的手，露出动人的温柔微笑。

放学后，远子学姐在社团活动室等我。

她脱下鞋子，屈膝坐在窗边的铁管椅上，腿上摆着一本文库本。

“你好，心叶。”

她望着我，绽放出花一般的笑容。

“你好……”

我不自然地打过招呼，便将文具和五十张一叠的稿纸放在斑驳的桌面上。

“……题目是什么？”

“我想想……‘饮水台’‘雪’……还有‘天空’如何？很美吧？”

听到“天空”这个词，我的心脏开始狂跳。

但我只是低着头回答：

“好的。”

然后，握起 HB 自动铅笔。

“限时五十分钟。预备，开始！”

远子学姐“喀嚓”一声按下银色马表。

她翻开放在腿上的文库本，从边缘撕下一小片放进嘴里。

她沙沙地咀嚼、咕噜吞下，一脸幸福地眯起眼睛。

“真好吃……安徒生童话就像不加砂糖，只用水果的甜味做出来的棒冰。味道沁凉又细腻……虽然有时冷得让舌头颤抖，但是逐渐融化以后，会有淡淡的果香和梦一般的微甜滋味残留在口中……”

那纤细的手指撕下书中的只言词组，万分珍惜地放入口中，她同时静静地说着。

冬天的阳光从窗外落在远子学姐的头发上，反射出柔和的微光。

“安徒生是一八〇五年四月二日诞生的丹麦作家。他出生于保留了很多古代传说和民谣的小镇奥登塞。

“安徒生的父亲是个鞋匠，家里非常贫穷，但他还是在父母的关爱之下度过幸福的少年时代。

“安徒生的父亲从他小时候就经常读童话故事给他听，母亲虽然不算有学问，但是信仰非常虔诚，一家人住的小房子总是打扫得窗明几净，窗帘想必也是纯白的。

“住在这个环境里的安徒生很喜欢在家里玩人偶剧或是编故事，渐渐成长为一个极富感受性的孩子。在他日后的自传里，也把自己的生涯写成一篇美丽的故事。”

远子学姐持续说着，语气比往常更加轻柔，像是耳语一般。

犹如寂静的冬风悄悄晃动枯黄的树叶。

“安徒生十一岁时父亲过世了，他后来的生活过得非常辛苦。还得出去工作补贴家用，可是每样工作都做不好，到了十四岁，他梦想当个演员，所以去丹麦的首都哥本哈根。

“他的梦想最后还是无法实现，因此陷入绝望。安徒生没有受过良好的教育，写起文章也是错字连篇。

“可是安徒生十八岁时，皇家剧场的主管柯林资助他去上学。五年后，他在二十三岁时通过哥本哈根大学的入学考试。他从这段时期开始写诗和戏剧，到了三十岁，他根据去意大利旅行的经验写出《即兴诗人》，从此声名大噪。”

我以前经常和美羽一起读安徒生童话。

有简略插画的《海的女儿》《飞箱》，还有《豌豆上的公主》……

《红鞋》和《踩着面包走的女孩》都好吓人。

我翻书翻得很害怕，正打算阖起书本，美羽却故意念出来给我听。

还是个小学生的我含泪看着插画，那是一个脱不下鞋子，只能一直跳舞，最后得用斧头砍下双脚的女孩；还有为了避免弄脏鞋子而踩过面包，结果沉到无底沼泽的女孩。

“心叶真是胆小鬼。”

美羽开心地笑着对我说。

“我就在这里，有什么好怕的？”

说完以后，她把自己的手叠在我的手上。

我心跳不已，害怕的心情顿时飞到九霄云外。

“嗯，美羽。”

我睁大眼睛，红着脸不断点头。

这个故事还没结束，我鼓起勇气翻到下一页时，美羽突然“哇”地大叫一声，我吓得立刻把书丢开，像只缩头乌龟似的抱头缩起，惹得美羽大笑。

“心叶的屁股下面有一颗黑痣耶，真可爱。”

美羽指着我翻起的短裤裤管之下的大腿根部，让我更是羞红了脸。

“好过分，美羽真坏。”

我哭丧着脸说，美羽还是挂着得意的笑容，然后把脸贴近，盯着我问道：

“你生气了吗？心叶？”

她这么一问，我的态度立刻软化。

“没有，我不会生美羽的气啦。”

美羽听到我的回答，笑得更加可爱。

这些微不足道的小事，让我幸福得几乎无法喘息。

但是，美羽已经不在了。

胸口痛得像是快要裂开，我不由得停止写字。

远子学姐温柔的声音还在继续谈论安徒生童话。

她昨天晚上在电话里讲的那个故事，最后的珠子到底是什么呢？

妖精们把世上所有的幸福真珠送给男孩。那个孩子的幸福家庭唯独缺少一颗珠子……

“安徒生在七十岁过世之前，发表过很多童话故事。《最后的珠子》也是其中之一。”

我抓着自动铅笔不动，竖耳倾听“文学少女”说的话。

“心叶，我昨天只和你说了一半。守护精灵为了得到这个美满幸福家庭唯一欠缺的珠子，飞到拥有这颗珠子的妖精居住的地方。那是个寂静冷清的屋子，屋内还摆着一口打开盖子的棺材。”

“！”

我倒吸一口气。

“棺材里堆满玫瑰花，中间躺着一具女性的遗体，她的丈夫和孩子们围在旁边，流泪向她做最后的道别，贯穿心扉的哀戚充斥着整间屋子……”

我的心跟着揪起。

死亡的形象，令人联想到倒在路上的鸟尸……还有那一天的顶楼。

坠楼的美羽。

尖叫的我。

“‘拥有珠子、拥有人生最美好礼物的妖精怎么可能住在这里！’守护精灵大叫。

“但是，男孩的守护天使回答：‘那个妖精确实住在这间屋子。就在这里，在这个神圣的时刻。’然后指着屋子的角落。”

我生硬地吞下口水。

远子学姐的声音在我的脑海里唤出一幅鲜明的光景，如绘画般历历在日。

那位过世的母亲在世之时，坐在花朵和绘画的簇拥之中。

她就像带来幸福的妖精，温柔地朝着丈夫、孩子和朋友点头。

还有通往学校的金色林荫道。

两个孩子趴在一起看书的房间。

放学后，两人一起去写功课的市区图书馆。

只要有美羽在就显得光彩夺目的场所……

但是，如今出现在那里的却是个身穿长袍的陌生女人。

“那是代替死者管理这个家的新母亲，名叫悲伤。”

远子学姐一脸和气地对颤抖的我说。

“她流下火焰般的热泪，滴在腿上，变成一颗彩色珠子。天使伸手拿起来，珠子就像星星一样闪烁着七彩光辉。”

然后天使说：

这是悲伤珠子，也是人生不能或缺的最后一颗珠子。

我神色僵硬地凝视着远子学姐。

远子学姐也用能够包容一切的温柔眼神望着我。

突然，我想起远子学姐早上和我牵手时的温暖和柔软触感，差点哭出来。

她只是看着我，却让我觉得手仿佛又被她握住，就像今天早上一样。

远子学姐昨晚率性地打电话来说“我肚子饿了”，早上在那里等我，难道都是因为担心我吗……

她是不是因为担心，所以才偷偷地关心我？

明明只是个散漫、贪吃、我行我素的吃书妖怪……

却会在我烦恼的时候赫然现身，自然而然地握住我的手，那么温暖地对我微笑。

这只手还有这个微笑，不知道帮了我多少次。

温柔的……如此温柔的声音流窜在堆满书本的小房间里。

“我觉得，拥有一切的幸福家庭唯一缺少的最后一颗珠子，就是失去某种东西的悲伤。

“失去宝贵事物，会让人伤心落泪、受尽煎熬。可是，任何人都不可能永远当个幸福的孩子，只有经历过悲伤才能成长。

“在克服了伤痛之后才能得到提升，闪耀着七彩光辉的东西……”

远子学姐微笑着说。

“所以，最后的珠子一定是神的赠礼喔。”

克服伤痛之后才能得到的东西。

那究竟是怎样的东西，我还是不了解。

我现在还没办法像医院那个老奶奶一样，心平气和地仰望天空。

可是，我发现如今心中的痛楚并不只会带来煎熬，而是如同远子学姐的眼神，带有清澈的部分。

“剩下十分钟喔，心叶。”

远子学姐朗声说道。

我急忙继续写三题故事，在空白的格子里逐一填下文字。

“好了，时间到。”

我把刚写好的两张稿纸交给远子学姐。

她开心地接过去，维持屈膝的姿势阅读。

题目是“饮水台”“雪”“天空”。

“……男孩和女孩在操场边的饮水台前说话。喔？那是他们两人相约的地点啊？呵呵，男孩很喜欢女孩……他在意女孩，为她患得患失的模样真可爱……明明没必要洗手却还是洗了……

“哎呀，夏天竟然下起雪。好漂亮，好梦幻的景色……

“女孩像融雪似的消失……男孩孤单一人仰望着天空……”

远子学姐向来都是边读边吃，可是她这天读到最后一行都没有撕破稿纸。

我发现远子学姐读着读着，眼中渐渐露出讶异的神色。

她为什么这么吃惊？

是什么吓到她？

因为读了我写的三题故事吗？

她的眼神又渐渐变得哀伤……

我不知道远子学姐为何露出这种神情，只是屏息看着。

——失去了宝贵事物，会让人伤心落泪、受尽煎熬。

我想起远子学姐刚刚说的话。

那是发现失去了某种东西，或是有预感快要失去某样东西时会有的寂寞眼神。

远子学姐垂着眼帘，小心翼翼地问道：

“……我真的……可以吃吗？”

她竟然会说这种话？

那么贪吃的远子学姐会说这种话，是不是我听错了？

这也令我相当不解……

可是，最后出现在远子学姐脸上的表情，就像医院那位老奶奶仰望天空的时候一样，是十分舒爽的微笑。

白皙的指头撕碎稿纸。

她轻轻将纸片放进唇中，一口吞下，带着动人的笑容，用充满感情的语气说：

“……是最后的珠子的味道呢。”

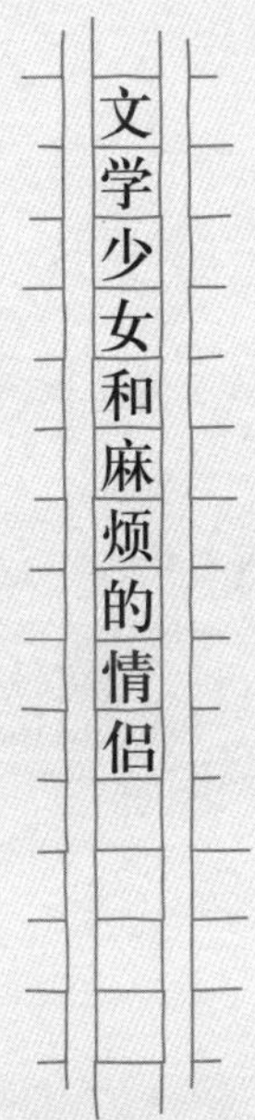
文学少女和麻烦的情侣

远子学姐开始红着脸闪避我的时候，我完全搞不懂理由。

为什么她会露出一副要哭的表情说“别靠近我”呢？

我怀着一肚子纳闷，看这光是活在世上就很不合理的辫子学姐，表现出这般不合理的举止。

这是不久之前，在我高一的第三学期发生的事。

“啊啊啊……唔唔……啊啊……”

放学后，我一到社团活动室就听见用力的喘气声。

“唔唔……唔……唔……唔……”

这是远子学姐的声音吗？她又在干什么？

我开门进去，只见远子学姐的辫子一跳，急忙把双手藏到背后。

“心、心叶！真是的，怎么突然进来啊？吓我一跳。”

“我平时从来不敲门吧。”

“这、这样啊……”

她红着脸颊，视线四处游移，然后扭扭捏捏地看着我说：

“那个……我说啊……心叶，你、你是不是在社团活动室掉了东西？”

“掉了东西？”

我把书包放在老旧的木桌上，一边反问。

“就是那个嘛……戒……”

“借？”

“没事啦！”

她面红耳赤地猛摇头。

真奇怪，她干吗一直把双手藏在背后，而且看起来似乎很慌张。

我来试试她吧。

“其实，我昨天在家里写了五十张稿纸的点心。”

远子学姐一听立刻眼睛发亮，伸出双手。

“谢谢你，心叶！那我就不客气了！”

我低头一看。

“那个戒指是怎么回事？”

“咦咦！”

远子学姐又吓得跳起，慌忙用右手包住戴在左手无名指上的戒指。

“这这这这是……我一进社团活动室，看到这个放在桌上，忍不住想戴戴看……结果就拿不下来啦。”

“是吗？应该是别人放在这里的吧。”

我淡淡地回应，远子学姐哭丧着脸说：

“咦？这不是你的戒指吗？”

“不关我的事。我怎么可能戴戒指来学校？”

“呜……说的也是。我还以为这是含蓄的求婚，吓了一大跳……不对！我不是说你喔，我不知道是谁啦！我绝对没有想过是你把戒指放在这里的！”

远子学姐气鼓鼓地声明，我点头回答“是是是”。

“我只是有点好奇，才拿起来试戴，绝对不是把这个当成你送的礼物！你看嘛，这个戒指做成玫瑰的模样，款式很罗曼蒂克，只要是女生都会想戴戴看吧？”

她红着脸举起戒指。

形状像一大朵玫瑰的戒指中央嵌着粉红色的珠宝，的确是女孩子会喜欢的少女风格设计。

“我本来想立刻脱下来，可是不管我怎么拉怎么转，还是动不了。”

远子学姐拉拉戒指，又发出“唔……唔……”的呻吟声。她的手指比一般女生还细，但即使她咬紧牙关，用力到满脸通红，戒指还是纹风不动。

“心叶，你帮我拔。”

“啊？要我帮忙？”

“你尊敬的学姐都陷入困境了耶！”

远子学姐这样要求，我只好抓着她的手指开始拉，但戒指仍紧紧扣在手指上，一点都没有移动。

“好痛！好痛！心叶！我的手指快断啦！”

虽然远子学姐一开始很勇敢地说“要用全力喔”，最后还是只能投降。

我们也试过抹肥皂，结果还是一样。

远子学姐注视着戒指，垂下眉梢，含着泪说：

“呜呜呜……这一定是带有诅咒的戒指。只有打从心底爱我的人才能拔下来，坏心的学弟一定办不到。”

“请别逃避现实。”

我一吐槽，她就鼓着脸颊瞪我。

“心叶真冷漠！我可是拼命地‘想象’怎么让这个局面变得快乐一点耶！”

“想象什么诅咒的戒指很快乐吗？根本是恐怖故事。”

“恐、恐怖故事？才不会呢！”

远子学姐脸色发青地摇头。

她朝四周张望片刻，突然跳了起来。

“对、对了！这间教室好像有哪里不太一样！”

“有吗？我看不出哪里不一样啊。”

狭窄教室的墙边和地上堆满数量惊人的书，到处都是书本堆成的小山。

可是，远子学姐表情僵硬地坚持说：

“不对，虽然变化不明显，但我这个热爱文艺社的‘文学少女’还是看得出来！你看！《普希金全集》的位置不一样了！岛崎藤村的《黎明前》本来放在下面第三本，现在变成从上面数来第二本！托尔斯泰的几本《战争与和平》原先叠在一起，现在却都分散！”

她连这种鸡毛蒜皮的小事都会去记啊？

不过她真的记得吗？会不会只是搞错？

我正觉得难以置信时，远子学姐怕得缩起身子说：

“或许是某人潜入和平的文艺社，在这里下了诅咒……不对！不可以这样想！这又不是恐怖故事……对了！是童话故事！是奇幻故事！这个戒指就是有名的‘黑杖’做的，是能媚惑所有人的魔法道具！”

“什么玩意儿啊？”

我虚脱地问道，远子学姐得意洋洋地说：

“很久以前，有个法力高强的魔法师叫做黑杖，她做了一朵永不凋谢的玫瑰，还有一枚戒指。只要戴上玫瑰和戒指就会显得美丽非凡，能够掳获所有人的心。

“黑杖住在帕菲戈尼亚和克里姆鞑靼这两个国家之间，她把戒指送给帕菲戈尼亚的王后，又将玫瑰送给克里姆鞑靼的帕第拉公爵夫人。

“这个戒指在他们的孩子之间辗转流传，又落到别人手上，接着再被别人……”

“我完全没听过这个故事。”

远子学姐微微一笑。

“《玫瑰与戒指》是写给孩子看的童话故事，作者是靠着一本《名利场》成名的英国作家萨克雷。

“这是萨克雷停留在罗马的期间，在圣诞派对上为孩子们表演看图说故事时创作的。因为孩子们都很喜欢，所以他将这个故事写成书。”

远子学姐一脸幸福地笑着说，这是她很喜欢的故事。

“主角叫做格里欧，他是帕菲戈尼亚的王子，很喜欢剑术和骑马。虽然不太喜欢读书，却是个率直勇敢的可爱少年。

“格里欧自幼父母双亡，连王位都被叔叔凡洛罗索抢走，但他对政治没有兴趣，只想优哉地生活。他很喜欢凡洛罗索的女儿，也就是他的堂妹安洁莉卡公主，可是始终得不到她的芳心，他为此消沉的模样真是惹人喜爱。暗恋格里欧的侍女贝汀妲也是个含蓄温柔的好女孩呢！”

远子学姐好像很开心。

我是无所谓啦……不过她今天没有给我三题故事的题目，所以我只能呆呆地坐在椅子上听她说话。

“其实贝汀妲是克里姆鞑靼的公主喔！

“克里姆鞑靼发生过政变，帕第拉公爵变成新国王，年幼的罗莎芭公主从此下落不明。当然，贝汀妲完全不知道自己是个公主。

“这个故事是从帕第拉国王的儿子巴博王子前往帕菲戈尼亚开始的。安洁莉卡爱上了巴博，但是因为贝汀妲戴上黑杖的戒指，令巴博和格里欧彼此争风吃醋，安洁莉卡一气之下就把贝汀妲赶出城堡，格里欧还改名换姓去当学生，直到最后都是个让人心跳不已的浪漫爱情故事喔！这本书有很多翻译版本，要我来说的话，最棒的还是村冈花子的译本！”

远子学姐的眼睛发亮，生机盎然地说：

“对了！这个故事就像夹上荔枝和覆盆子的法式玫瑰小圆饼！既可爱又动人，令人非常愉快呢！

“表面酥脆又蓬松的法式小圆饼一放进口中，鲜奶油的滑腻口感和玫瑰香立刻扩散开来，和夹在中间的多汁水果形成奇迹般的合奏，让人觉得身在梦中啊！”

远子学姐陶醉得眼神迷蒙。

“啊啊，这个戒指会不会为我带来美好的恋情呢？”

“我至少可以确定这不是魔法戒指，因为远子学姐的胸部一点都没有变。”

“太过分了！你是说我的胸部还是一样平吗？你一点都不尊敬学姐嘛！”

远子学姐气呼呼地说。

“只能和这么恶劣的学弟待在一起实在太不幸了。我的白马王子到底在哪里啊？”

她按住戴着戒指的手，大声地自言自语。

“如果白马王子现在开门走进来就好了。”

我语气平板地说完，突然想起一件事。

“对了，我昨天看到学生会长速见学长来这里耶。那个戒指该不会是他留下来的吧？”

远子学姐听得大吃一惊，眉毛蹙起。

“你说会长？”

啊，她好像很不高兴。

“他的外表和气质都很像王子啊。”

“别开玩笑了！速见可是文艺社的敌人！他正打算把文艺社的预算砍一半耶！”

昨天二年级的速见会长为了讨论下一期预算的事，来到文艺社这间狭窄的社团活动室里，和远子学姐激辩了一番。速见会长面对能言善道的远子学姐丝毫不肯退让，最后只留下一句“我改天再来”便离开。

“说不定他喜欢远子学姐，所以才把戒指留在这里。”

我随口说道。

远子学姐听了却更加愤慨。她用力摇头，辫子在半空中甩来甩去。

“不要！我才不要速见咧！”

“为什么？他聪明又帅气，女生都很欣赏他呢。”

“我讨厌他那种自以为是的语气，还有看不起别人的眼神，也讨厌他听到我说什么就耸肩叹气的做作态度，最讨厌的就是他翻书时还会跷起小指！”

“……你观察得还真仔细。”

“我是在图书馆不小心看到的。他在看玛莉·冯·艾伯勒艾森巴赫的《暴风雨中的兄妹》时跷起小指，害我鸡皮疙瘩都冒出来了。而且，他前阵子有一天放学后还穿着短裤在校园内边走边哇哇大叫，真是个变态！”

“冬天穿短裤好像有点冷……不过，这也不算什么吧？”

“下半身穿短裤，上半身却是制服耶！”

“呃……的确是怪怪的……”

我光是想象，也觉得他不太正常。

“可是，你如果和会长成为男女朋友，预算或许会变多喔。”

“我才不会为了这种不纯洁的动机和人交往呢！而且速见是姬仓理事的堂弟的孙子耶！和姬仓家有关的人，我绝对要敬而远之！他们家族根本有变态的基因嘛。要么喜欢裸体，要么就是暴露狂，如果我以后和他们变成亲戚……啊啊啊，真是不敢想象！”

她又开始拼命甩头。

我不明白她为什么这么讨厌姬仓理事……可是目前还不能确定戒指是会长的，她就把人家当成变态，这样想想会长还真是可怜。

“打扰了。”

敲门声传来，速见会长出现了。

“！”

远子学姐赶紧把双手藏到背后。

会长走进教室，栗色的刘海优雅地在额头上摇曳。他的鼻梁高挺、眼神冷静，怎么看都是个精英或是有钱少爷。

虽说我刚刚还在瞎起哄，不过这个人实在不可能喜欢远子学姐，而且他昨天似乎还和脾气固执的远子学姐大吵一架。

远子学姐不客气地瞄着会长。

“你来做什么？”

“因为你抱怨连连，下一期预算始终没有讨论出个结果，我就说改天再来拜访，不是吗？”

“讨论？明明只是单方面的施压吧？如果你肯放弃那个愚蠢的提案，我当然会爽快地签下同意书。”

“从文艺社过去的成绩来看，就算预算减少一半也已经很足够。”

两人瞪着彼此，现场笼罩在一触即发的气氛下。

唉，早知道我就快点回家。

“呃……会长，你昨天是不是掉了什么东西在这里？”

“掉东西？”

“心、心叶！你在说什么啊！”

远子学姐慌了。

我心想，能让她收敛一点也好，所以若无其事地回答：

“是啊，譬如戒指之类的。”

"心叶!"

远子学姐紧张地大喊。

不过更令人吃惊的是，会长变得表情僵硬，脸也红了起来。

咦？奇怪？怎么回事？

他尴尬地转头不看我们，慌张地说：

"没有，我没看过什么玫瑰戒指。"

他刚刚说"玫瑰"!

我又没有说戒指是玫瑰的形状!

远子学姐也睁大眼睛。

会长好像惊慌到没有发现自己失言，他的视线不安定地飘到墙边的书堆，又迷惘地看着远子学姐，满脸通红。平时的会长就算在讲台上也很沉着稳重，如今却紧张得耳朵和脖子都红了。

"对、对不起，我突然想起我有件急事，才刚来就得走了!预算的事我会再仔细考虑!"

他尴尬地找着借口，转身离去时还绊了一下，差点跌倒，手忙脚乱地站稳以后，就像逃跑似的离开文艺社。

留在现场的我们都默默不语，远子学姐更是惊讶得脸色发青。

我好不容易才说出一句。

"戒指……好像是速见会长的耶。"

"不要啊啊啊啊啊啊!"

远子学姐凄厉地惨叫。

◇　◇　◇

隔天，我被远子学姐叫去调查速见会长的底细。

下课时间，我在二年级的教室一带晃来晃去，悄悄观察会长的模样。

真是的，为什么我得做这种事？

远子学姐说：

“速见才不可能向我求婚咧！如果说他把戒指放在这里是要向心叶求婚，我还觉得比较可信呢！这是学生会的阴谋！一定有什么内幕！不对，非得是这样不可！心叶，你去监视速见，把真相查个清楚！”

我抗议说自己又不是侦探社的职员，她依然坚持：

“难道你要眼睁睁地看着我嫁进受诅咒的姬仓家吗？这是学姐的命令！”

最后她还摇晃着铁管椅，补上一句：

“如果你不肯答应，就立刻交出你在家里写好的五十张稿纸。”

我说出“其实我没写”之后，她深受打击地垮下肩膀，哭丧着脸说：

“怎么这样嘛……竟然是骗我的吗？我还以为你不可能是这种人呢……其实你根本不在乎我就这么出嫁吧？”

我还真希望有个人把这麻烦的辫子妖怪带走，不管是谁都行。

“唉……为什么我就是没办法反抗远子学姐呢……”

要不是因为她，我就可以过着平安无事、祥和宁静的校园生活了。那才是我由衷的期望啊。

一想到这里，胃就开始隐隐发疼，所以我不敢再想下去。

反正随便监视会长一阵子，远子学姐自然会慢慢放弃吧。

重点是，如果会长真的喜欢远子学姐该怎么办？

以前也有过柔道社的牛园学长这个先例，再说男女之间的爱情经常是从误会之中诞生。

不管实际上如何，远子学姐乍看之下毕竟是个气质古典的文学少女，而速见会长也是个品学兼优的好学生，比牛园学长适合多了。

今天早上我向同学打听过，速见会长的兴趣是园艺，好像还加入园艺社。他不需要忙学生会的工作时经常去温室，照顾起花草比任何人都投入。

他虽然有固执的一面，但是个性认真又严谨，还会在电车或公交车上让位给老年人，又肯率先去做大家都不想做的事，想必人还不坏。

和远子学姐争吵预算的事情时，他都会有条有理地说出自己的想法，说不定这样的人很适合远子学姐呢。

虽然我心里这么想，但看到会长站在走廊上和人说话时，我的胃却越来越不舒服，觉得好厌烦，正在考虑去向远子学姐报告“没有异状”后回自己的教室……

这时我突然发现，有个女学生和我一样躲在暗处偷看速见会长。

她刚好就在我视线的正前方，也就是二年级教室的门口，十分专注地盯着会长的背影。

那看起来是个很平凡、很温和的女生。

会长一回头，她就红着脸躲进教室里。

可是会长背对她时，她又会战战兢兢地探出头来，继续满脸通红地望着会长。

她好几次想走出去，却犹豫地停下脚步，然后又退回去，就这样一再重复，并且怅然地叹气。

“那个女生一定是暗恋速见。”

放学后，远子学姐听过我的报告，很开心地一口咬定。她的无名指上包着绷带，看来戒指还是拔不下来。

“为了把那个女生硬塞给速见……不对，为了让他们的恋情顺利发展，我们来当爱神丘比特，促成他们的恋情，这样所有事情都可以解决啦。”

“我们？连我也包括在内吗……”

我明知如此，依然无力地喃喃说道。

“当然啊，因为文艺社只有我和你两个人嘛。来吧，心叶，立刻举行爱情战略会议！我想到一个好点子喔！”

远子学姐的眼睛闪闪发亮。

唉，做这种事情和写三题故事相比，究竟哪个比较好呢？

当天我就被派到学生会办公室。

正忙着办公的会长一见到我就吓了一跳，惊慌得脸色僵硬。

“你、你是文艺社的……”

“我是一年级的井上，来此叨扰真是不好意思。”

“没、没关系……今天我们有很多事情必须处理，实在腾不出时间去文艺社……”

他惊慌地看看四周，然后带我到里面的房间。只剩我们两人后，他很担心地问：

“天野同学是不是说了我什么？”

“啊？”

“那个……因为预算那件事，她好像很生我的气……所以我有点在意……”

会长红着脸撇开视线。

“井上同学……你和天野同学在交往吗？”

“什么！”

我忍不住大叫。

“才没有，我们的关系只是普通的学姐和学弟啦！”

牛园学长也好，速见会长也罢，为什么每个人都怀疑我和远子学姐是情侣呢？我和远子学姐可是连一次都不曾像情侣那样浓情蜜意地说话耶。

“是吗……”

会长一脸畏缩地看着我。

“远子学姐不可能有男朋友啦，她的情人就是书。”

他听了更是慌张，脸红到连我都看得害臊起来。

“是是是是是是是是吗？她的情人是书啊！难怪天野同学会被称为圣条学园的‘文学少女’！这样啊，她喜欢书胜过爱情啊，她这么重视书吗……原来如此……原来如此……啊哈哈……”

说完之后，他的肩膀又垂下去。

听到远子学姐的心中只容纳得下书本，才让他变得如此消沉吗？难道他真的这么喜欢远子学姐？

没想到竟然会是这种情况，我的思绪变得混乱。

“井上同学，那个……天野同学有什么喜欢的东西吗？”

“啊？”

他突然这么问，我不禁露出呆滞的表情。

会长像是在求助，一脸担忧地望着我。难道他把我当成爱情顾问？

“喜、喜欢的东西吗……”

“女生应该都喜欢甜食吧？像是巧克力或法式小圆饼之类的。”

“这两种她应该都喜欢吧……尤其是玫瑰口味的法式小圆饼。”

不过，远子学姐喜欢的是法式小圆饼口味的书，而不是法式小圆饼，因为她吃一般人的食物也尝不出味道。

会长的脸色好像比较开朗了。

“这样啊！玫瑰口味的法式小圆饼！原来天野同学喜欢这个！”

误会似乎变得越来越深，和会长说话真辛苦。

我的胃也变得越来越难受，甚至开始绞痛。

既然事情已经办完，还是早点离开吧。

“其实，我今天过来是要帮远子学姐传话。”

“啊？帮天野同学传话？”

会长的声音紧张得拔尖。

“是的，本周六下午，文艺社想在学校的温室举行茶会，所以要来申请许可。”

“茶会？”

“只是社内的小聚会。远子学姐还说，请速见会长务必出席。因为在社团活动室里都会吵架，所以想要在开满花朵的温馨场所和会长心平气和地谈一谈。”

“天野同学是这样想的啊……”

会长好像很讶异。他严肃地低头沉思片刻，就爽快地回答：

“好的，我会负责向园艺社的顾问老师报告。请你帮我告诉天野同学，我会做好心理准备出席。”

“谢谢会长。”

我鞠躬之后便离开学生会的办公室。

隔天，我到二年级教室找畑中美美子学姐。

“呃，请问……找我有什么事吗？”

昨天一脸悲伤望着速见会长的畑中学姐被我这个陌生学弟叫出来，想必还没搞懂这是怎么一回事。她彷徨地小声问道。

我告诉她周六要举行茶会，请她务必来参加。

“可是，为什么要邀请我呢？”

“学生会长速见学长也会参加，所以请畑中学姐一定要来。”

“！”

畑中学姐顿时涨红了脸、睁大眼睛，话都说不出来。

“啊、啊……啊……速见会长……那个……邀请我吗……”

我只是点头表示肯定。

——心叶，不要说得太多，只要告诉她速见会长也会来就好。这样一来，畑中同学一定会来参加茶会。

我依照远子学姐带着满面笑容给予的指示，讲完该讲的话就离开。

到目前为止都符合远子学姐的计划。

可是，在这场用来撮合速见会长和畑中学姐的茶会上，如果会长带着一大包法式玫瑰小圆饼向远子学姐告白，她打算怎么解决呢？

我猜她一定没有考虑到这点……因为她对自己的爱情一向很迟钝，都不知该说她是粗枝大叶还是少一根筋。

“喔？已经通知畑中同学了吗？干得好，心叶！当天一定会有个完美的茶会！”

远子学姐屈膝坐在铁管椅上，像沉浸在梦中的少女般双手合十，神采飞扬地说。

“对了，这简直就是《玫瑰与戒指》嘛。速见是格里欧，畑中同学是暗恋王子的贝汀妲。贝汀妲坚定的爱情感动了对方，最后两人就在一起。啊啊，最棒的故事还是要有个幸福美满的结局！光是想象，嘴里就会充满砂糖的甜味呢。希望畑中同学和速见也可以有情人终成眷属。”

远子学姐原本只是想把畑中学姐硬塞给会长，如今已经陶醉于帮忙畑中学姐促成恋情了。

“心叶，你也要仔细看着这对纯洁情侣诞生的经过，由此写一篇特制的点心。”

我充耳不闻，反而说：

"我可以问一件事吗？"

"嗯？什么事？"

"会长已经答应帮忙申请场地，那茶和点心要怎么办？难道要去便利商店买易拉罐果汁和甜点吗？"

"这样一点都不浪漫了嘛。当然要准备茶壶和茶杯来泡茶，还要有手工三明治和一口小糕点。"

"这些东西要叫谁去准备？"

"嘿嘿，我已经向烹饪社的顾问老师申请租借餐具了。"

"那手工三明治和一口小糕点呢？"

远子学姐挺起她扁平的胸部。

"昨天晚上我不是打电话去你家谈茶会的事吗？"

"是啊，那又怎样？"

"当时我和你妈妈也聊了一下。"

难道……妈妈今天早上会那样笑眯眯地看着我是因为……

"我说要举办茶会，你妈妈也很有兴趣，还说料理就包在她身上。"

果然是这样！

妈妈很喜欢远子学姐。因为她打电话来我家时都装得很乖巧，所以妈妈大力称赞过她是个"懂礼貌又有气质的小姐，声音也很好听"。

听到妈妈说"心叶会变得这么开朗都是多亏天野小姐"，我简直要头昏了。

妈妈对远子学姐的评价到底有多高啊！

啊，可是……远子学姐的确帮过我……像是那一次……还有那一次……

“你妈妈真是个好母亲呢。”

远子学姐就像妈妈在称赞她的时候一样，露出温暖的表情，语气柔和地说。

我没兴致反驳她，所以沉默不语。

“好啦，这么一来就都准备齐全，接下来只要等茶会正式开始。唔……如果在那之前可以先拔下戒指就好了……减肥能不能瘦手指呢……”

远子学姐情绪低落地看着那只细得很难再细的手指。

不过，她立刻笑着对我说：

“对了，心叶，为求当天一切顺利，请你用心帮我写一篇香甜的点心吧。”

“……你不是才刚说要减肥吗？”

“既然正餐减量，当然得吃点心啊。”

“这样根本没有意义嘛。”

我不禁想到那一位说出“人民如果没有面包就吃蛋糕嘛”，最后上了断头台的法国王妃。

远子学姐雀跃地拿起惯用的银色马表。

“今天的题目是‘毛巾’‘温室’‘半价折扣’。限时五十分钟，要写个像法式玫瑰小圆饼一样浪漫的爱情故事喔。预备，开始！”

马表喀嚓一响。

“半价折扣”哪里浪漫了……我一边想，一边拿起 HB 自动铅笔，写起桌上那本五十张一叠的稿纸。

五十分钟后……

远子学姐抓着椅背大叫：

“呀啊啊啊啊啊啊啊！不可以买半价折扣的毛巾送给男朋友啦！这间店太诡异了！竟然把剪掉一半的毛巾用半价卖出，这怎么行呢！男友明明是篮球社的豪爽运动少年，为什么社团活动结束后大家全都跑进温室啊？而且温室竟然变成三温暖！男朋友把半条毛巾披在头上，露齿而笑……讨厌啦！呜呜……简直像饼干中间夹着腌萝卜再加上醋的味道嘛。根本没有玫瑰香，而是汗水和蒸气的酸味啦啊啊啊啊！”

茶会当天，是和运动少年的笑容一样爽朗的大晴天。

我将妈妈做的小黄瓜三明治、水果塔、姜饼放进篮子，在假日前往学校。

温室里充满了从天花板倾注而下的透明光辉，温暖得丝毫不像冬天。里面种植鲜嫩的绿树，整齐排放在地上的花盆里也开满红色和黄色的花朵。

远子学姐已经来了，她在野餐桌上铺了白色桌巾，并且摆上茶杯和盘子。还有一位女性在帮忙。

那是个身穿清爽的白毛衣和蓝灰色裙子，面带温柔笑容的年轻女性——教家政的雪野老师！

雪野老师同时担任烹饪社的顾问老师，外表年轻漂亮，个性温柔，男学生都很喜欢她。她们两人像一对感情融洽的姐妹，欢畅地谈笑着。

“啊，心叶！”

远子学姐甩着辫子，一脸喜悦地跑过来。她手上的绷带还没拆掉。

“雪野老师自己做了菠萝蛋糕喔！对了，我也请老师一起来参加茶会！”

“你好，井上同学。”

雪野老师亲切地微笑。

我急忙敬礼说：

“对不起，远子学姐竟然把老师拖下水。”

“哎呀，怎么会呢。我高中时也和朋友开过茶会喔，所以我很高兴能参加呢。”

我明白雪野老师为什么会那么受欢迎了。她不只是长得美，个性也很开朗温柔。

我打开从家里带来的篮子，远子学姐和雪野老师同声欢呼。

“好漂亮！好精致喔！心叶妈妈的手艺真的好棒！”

“三明治和水果塔看起来都很美味呢！”

两人一边赞叹，一边从篮子里端出食物。我对她们如此高昂的兴致有点讶异，同时一起动手帮忙。

茶会在下午一点开始，速见会长提早五分钟到达。

“欢迎！”

远子学姐笑容满面地迎上去。

大概是她客气的态度和从前判若两人，速见会长吓得肩膀一颤，脸也红了。

“啊，那个……听说你有事想和我讨论……”

“是啊，待会儿再慢慢说，请先就座吧。”

远子学姐带速见会长来到桌边。

“好，请坐在这里，这是贵宾席喔。”

那个位置插了一朵红玫瑰。

会长诧异地睁大眼睛。

“这、这朵玫瑰是……”

远子学姐微笑着回答：

“这是我的一番心意。”

“！”

会长的脸变得更红。

然后他撇开视线，发现雪野老师也在，又吓一跳。

“你好，速见同学。我也是来参加茶会的。”

“啊，好的，请多指教。”

会长愕然地回答以后，双手捧起一个手提纸袋，递给远子学姐。

“天野同学，请你收下这个。”

“咦？这是什么？”

“我听说……你喜欢法式小圆饼。”

会长连耳根都红了，他低着头硬挤出声音说道。

“哎呀，我第一次看见速见同学这个模样呢。”

雪野老师悄悄地对我这么说。我什么东西都还没吃，但是胃已经开始疼痛，感觉好不舒服。

远子学姐打开包装，看到透明的包装材料之中排放着各色的法式小圆饼，眼睛都亮了起来。

“好可爱喔！好像首饰一样！谢谢你！大家一起吃吧！速见同学真贴心，不愧是学生会长啊。”

远子学姐说着客套话，好像已经忘记自己不久前才说过人家跷着小指看书的模样很恶心、是拥有变态基因的受诅咒家族、穿着制服上衣和短裤大叫什么的。

会长依然面红耳赤地游移着目光。

远子学姐该不会忘了举办茶会的目的吧？

我的心中忐忑不安。

一点三分时，畑中学姐探头进来。

“请问……”

“我等你好久了！美美子！”

远子学姐冲到温室门口，拉着畑中学姐的手走进来。

美美子……她跟人家什么时候熟到可以直呼其名啦？

畑中学姐受到远子学姐如此热烈的欢迎也吓呆了。

“那、那个……天野同学，我看还是……”

“你在说什么呀，美美子？你好不容易才鼓起勇气来这里，这样回去太可惜了。”

“可是、可是……”

“没问题，一切都交给我这个文学少女吧！我会把你的心意传达出去！”

畑中学姐的脸顿时红透。她偷偷瞄了速见会长一眼，立刻害羞地转开视线。

“喔喔，好像要发生很美妙的事情呢，井上同学。”

“请不要和远子学姐说一样的话。”

雪野老师在一旁看得津津有味，我忍不住抱怨。

远子学姐向速见会长介绍畑中学姐。

“这位是二年三班的畑中美美子，参加的社团是生物社，家里养了小鸟和黄金鼠。她非常喜欢动物，而且每天早上都自己准备便当，是个宜室宜家的好女孩喔。”

“啊！天野同学……”

这么露骨的推销，令畑中学姐吓得张口结舌。

速见会长喃喃说道：

“喔喔，经常在打扫鸡舍的那位……”

听到这句话，畑中学姐更是害羞得说不出话。

相较之下，远子学姐变得更加兴奋。

“对！就是那个勤劳能干的美美子，连小鸡都很喜欢她喔！原来速见同学也认识美美子嘛！”

远子学姐很刻意地大声说道。

连小鸡都很喜欢……这算是赞美吗？

“美美子的座位在速见同学旁边。哎呀，别紧张嘛，速见同学也帮美美子放松一点嘛，这是学生会长的任务喔。”

她推着畑中学姐在插了一朵粉红玫瑰的位置坐下。

畑中学姐将双手平贴在腿上，害羞地缩着身子。

会长红着脸看看远子学姐，又看看玫瑰花。他该不会是想起远子学姐刚刚那句“这是我的一番心意”吧？

远子学姐悠然自得地帮大家倒茶。

茶会就此展开。

速见会长和畑中学姐都没看对方一眼，也几乎没有互相攀谈。

畑中学姐害羞得扭扭捏捏，速见会长也紧张得表情僵硬。

我真庆幸雪野老师也在这里。如果只有远子学姐一个人讲得那么开心，场面一定会尴尬到让我待不下去。

所幸雪野老师有时会为远子学姐帮腔，有时则向速见会长和畑中学姐说话，凝重的气氛总算渐渐地缓和下来。

不过，会长偶尔还是红着脸凝视远子学姐，畑中学姐则是忧伤而专注地看着会长，害我藏在桌底下的双手都冒汗了。

这究竟是什么情况？

速见会长真的很在意远子学姐，眼中好像完全容纳不下坐在一旁的畑中学姐。

远子学姐还一脸幸福地吃起会长送的法式小圆饼。

“啊啊，真好吃！这种表面酥脆、中间黏稠的口感真是让人无法抵挡。玫瑰香在口中演奏起优雅的合音呢。我最喜欢的法式小圆饼就是玫瑰口味了！这就像撒克里为孩子写的美满故事啊！”

她欣喜地说完，又像平时那样大谈起《玫瑰与戒指》。

好比说魔法师黑杖制造的玫瑰和戒指是怎样的东西。

两样魔法道具各自送给谁，还有继而引发的事件。

被叔叔夺走王位的格里欧王子。

还有爱慕格里欧的侍女贝汀姐就是失踪已久的罗莎芭公主。

远子学姐没头没脑地说着，会长和畑中学姐本来有点错愕，但也逐渐听得入迷。

看他们神情复杂，与其说是受到感动，倒不如说他们还没搞清楚状况，所以只能姑且听听看。

故事以迅速的步调进行下去，如同看图说故事似地一张接一张。

隐姓埋名、假扮穷学生去大学读书的格里欧王子为了帮助罗莎芭公主抢回王位，决定要从叔叔的手上夺回自己的国王宝座；罗莎芭公主被带上刑场，眼看就要被狮子吃掉……在远子学姐活灵活现的叙述中，连我都被吸引住了。

“……直到抢回王位，婚礼近在眼前，格里欧和罗莎芭的苦难都还没有结束。在故事最后还发生难以想象的不幸事件，让人没有一刻能够放松呢。”

远子学姐笑着说。

“可是，格里欧和罗莎芭始终互相关心，而且一直持续努力。虽然格里欧一开始是因为罗莎芭戴着魔法戒指才会爱上她，后来却渐渐萌生真正的爱情。所以罗莎芭脱下戒指之后，在格里欧的眼中还是一样美丽。

“魔法只是一个小契机罢了。

“在我们的日常生活中，也有很多名为‘偶然’的魔法，只有我们自己能把这些偶然发展成真实的感情。

“只要两人真心相爱，一定可以让偶然化为命运。

“无论分离多少次，格里欧和罗莎芭还是会再相遇，结为连理。这个情节高潮迭起的故事到了最后，是个散发出玫瑰香味的圆满大结局喔！”

速见会长和畑中学姐都呆住了，大概不知道该做何反应吧。

远子学姐发亮的眼睛注视着他们两人。

“爱情真是太美好了！看到这样的故事，自己也会很想谈恋爱呢。你说是吧，美美子？”

“呃！啊，那个，问我吗……”

“是啊，现在这间温室已经充满玫瑰的魔法，可以让人说出平时都说不出口的话喔。来吧，试着想象一下，兔子、小鸟、黄金鼠、小鸡都在帮你加油打气喔!”

“呃……”

畑中学姐睁大眼睛，哑口无言，然后低头迷惘地喃喃说道：

“没、没错……这种机会……或许不会再有……”

“加油！把你藏在心底的话语，还有你过去一直看在眼中的事情表达出来吧。美美子，你一直很烦恼没办法对速见同学说出那番话吧?”

“呃……嗯……”

畑中学姐点头。

“可、可是，天野同学，你为什么会知道呢?”

远子学姐爽朗地微笑着说：

“因为我是‘文学少女’啊。”

这根本不算回答嘛！我不禁抱头。

畑中学姐虽然也搞不懂，但是远子学姐肯定的态度和灿烂过头的笑容似乎让她受到激励。她仿佛下定决心，说道：

“谢谢你，天野同学。我会拿出勇气的。”

然后，她望向速见会长。

“会、会长，我有件事一直很想对你说。”

“等一下，让我先说吧。”

畑中学姐正要表白心意的时候，速见会长却一脸认真地制止她。

啊？让他先说?

难道会长也喜欢畑中学姐？咦咦!

畑中学姐变得满脸通红。

远子学姐开心得喜上眉梢，雪野老师也兴致盎然地看着他们。

会长专注地凝视着畑中学姐。

“可以吗？畑中同学？”

“呃……嗯。”

畑中学姐用细若蚊鸣的声音回答。

“谢谢。”

会长像是松一口气似地道谢，然后背对畑中学姐站了起来……

咦？

他面向远子学姐。

咦咦？

会长走了过去。

“！”

然后他咬紧牙关，用前所未见的真挚表情看着远子学姐。

“天野同学，我想告诉你一件事。”

远子学姐也瞪大眼睛。

“其实我……”

如果会长现在向远子学姐告白，事情就无法收拾啦。这一定会演变成糟糕的事态！远子学姐该怎么办呢？

虽然远子学姐说过很讨厌男生看书的时候跷起小指，可是她对爱情没有任何免疫力，如果有人当面向她告白，她说不定会愣住。

啊啊，速见会长就要开口了。

“等一下！会长！”

我忍不住站起来大叫。

"是我把文艺社的书弄倒的！"

啊？

我一脸呆滞地看着会长将双手紧贴在身侧，深深鞠躬。

文艺社的书？弄倒？到底是怎么回事……

会长头也不抬地继续说：

"上次我去文艺社，发现有一本我找了很久的书就在地上的书堆里！我想要请你们借书给我，可是因为预算那件事，我和天野同学之间产生一些嫌隙，所以实在说不出口。

"隔天我又在午休时间去了文艺社，发现没人在，本来打算悄悄地翻翻看，可是我一把书抽出来，书堆就倒了……"

会长面红耳赤地说着。

我们一伙人都听得呆若木鸡。

对了，远子学姐也说过书的摆放顺序变得不一样。原来是会长弄倒的啊！

"我急忙把书重新堆好，因为那些都是很旧的书，有几本的内页还散落一地，我急忙把那几本藏在最下面，然后就逃走了。"

会长握紧的双手颤抖着。

"我很想道歉，但是一直说不出口……我想如果请你的男朋友来帮忙，或许可以顺利地解决这件事，没想到井上同学只是你的学弟。当我听说你重视书本更胜于爱情，更是难过到胃痛，心想你一定不肯原谅我。

"不……其实我觉得你早就看出是我损伤了文艺社的书，才故意用茶会的名义把我找来，所以越来越害怕……"

张大眼睛的远子学姐好不容易才开口：

“所以你上次来文艺社的态度那么异常，而且很快就离开，都是因为这样啰？”

“对不起。”

“那戒指呢？”

远子学姐解开绷带，露出无名指上的玫瑰戒指。

“你看，就是这个戒指啊！这不是你放在桌上的吗？”

会长抬起头来，愧疚地说：

“这个东西是我弄倒书时从后面掉出来的，我顺手把戒指放在桌上，然后就忘得一干二净。不过井上同学突然提起戒指的事，你又借着说故事一再提到‘玫瑰’和‘戒指’，好像是在逼我快点自首，真的让我吓得半死……”

不用说，远子学姐当然不是借由说故事来责备会长。

她只是在描述《玫瑰与戒指》的剧情罢了。

可是做贼心虚的会长一定觉得远子学姐是存心说给他听的吧。

也就是说，他在学生会办公室里对我问东问西、带法式小圆饼来当礼物，都只是为了安抚远子学姐的怒火吗？还有，他对远子学姐说起话来吞吞吐吐、动不动就脸红或回避视线，全都是出自罪恶感啰？

会长的误解还不只如此。

“我还以为没人发现是我把书弄倒的，没想到竟然会有目击证人。”

“你在说什么啊？速见同学？”

“畑中同学都看见了吧？她不是一直很努力地要说出证

词吗？”

也是啦，远子学姐刚刚确实要畑中学姐说出她过去一直看在眼中的事情……

为什么他有办法误会到这种地步？

“那、那个……我是……”

畑中学姐被喜欢的人这样误解，一定觉得很烦恼吧。

当我正觉得同情的时候，畑中学姐猛然起身说：

“对不起！是我把会长的制服裤子偷走的！”

我和远子学姐都吓得魂不附体，雪野老师的眼睛也大大地睁开。

偷走会长的制服裤子？

害羞内向的畑中学姐竟然会做这种事？

会长睁大眼睛叫道：

“你说什么？”

“对不起！对不起！那件裤子我一直很小心地收着。”

“因为裤子突然消失，害我不得不穿着制服上衣和短裤在校园里跑来跑去耶！”

远子学姐也说过这件事。

她说速见会长穿着制服和短裤大吼。

“真的很对不起！因为会长一直叫着‘是谁拿走我的裤子’，所以我怕得不敢承认，而且我也不是存心要偷走裤子……”

“那你为什么拿别人的裤子？难道你有收集裤子的癖好吗？”

“呜……不是啦……因为碰太跑进温室，把会长的裤子踩脏了。”

“碰太是谁？”

“是生物社养的鸡……”

我们张口结舌地看着速见会长和畑中学姐对话。

从他们的话中听来，似乎是速见会长有一天穿着体育服和体育短裤到温室照顾花朵，做完以后想换衣服，却发现折叠整齐放在椅子上的制服裤子不见了。

会长十分生气，穿着制服上衣和运动短裤到处找偷裤子的凶手，还不断喊着：

“我的裤子在哪里？给我还来！”

畑中学姐之所以拿走裤子，是因为她在打扫鸡舍时有只公鸡跑了出去。那只鸡逃进温室，不只踩脏会长的裤子，还在上面拉屎。

听说会长是个自视甚高、个性严苛的人。

所以畑中学姐看到裤子被鸡屎弄脏，吓得脸色都绿了。

她心想一定要在会长发现之前清理干净，所以才偷偷地拿走裤子。

结果会长发现裤子不见后，当场大发雷霆，让她更不敢说出是自己拿的。

就这样，她每天都远远地看着会长，心想要怎么把裤子还给他、要怎么道歉才好，终究只能低头叹息“今天还是说不出来……”。

“听到速见会长也要参加茶会时，我还以为自己是因为裤子那件事才被找来。”

她说出了类似速见会长刚才的感叹。

“我再郑重道歉一次！裤子已经洗干净了，下周一我就会带来学校！”

畑中学姐深深鞠躬，会长也尴尬地说：

“没关系啦，是我心胸太狭窄，太爱生气，真是不好意思。”

说完以后，他又向远子学姐鞠躬道歉。

“我也再道歉一次，真的很对不起。我一定会负责把弄坏的书恢复原样。”

“……速见同学，我可以问你一件事吗？”

远子学姐轻轻颤抖地说。

“你想看的书是哪一本呢？”

速见会长红着脸回答：

“……是克里斯托弗·冯·司密特的《天使的花篮》。讲的是一位清纯少女梅莉和从事园艺工作的父亲努力地过活，克服重重苦难，最后终于得到幸福的故事，书中关于花朵和花篮的描写相当典雅。这本书已经绝版，到处都买不到，所以我早就死心了，没想到会在那里看见。”

“……是啊，《天使的花篮》的确是名著呢。”

抖抖抖抖……

远子学姐全身发颤。

“天野同学，我还是要厚着脸皮拜托你，能不能把那本书借给我呢？”

“……可以啊，要好好爱惜喔。”

远子学姐的脸部肌肉隐隐抽搐，相较之下，速见会长则是开心得像个得到称赞的孩子。

“谢谢你！啊啊，道歉之后心情真的舒畅多了！”

畑中学姐也一脸开朗地说：

“我也是呢！先前的烦恼全都消失一空！”

“哈哈哈，这是真正的圆满结局啊！”

“就是说啊！”

速见会长和畑中学姐相视而笑，两人都满脸欢畅，好像随时会牵着手开始唱起阿尔卑斯牧歌似的。

远子学姐挥着双手大叫：

“我之前那么辛苦到底是为了什么啊！这种圆满结局根本一点都不浪漫嘛！”

什么“之前那么辛苦”，辛苦的是我吧？

远子学姐像只气愤的猫咪，用力挥舞手臂之时……

“啊……”

玫瑰戒指从远子学姐的无名指上脱落，滚到桌上。

“说起来远子学姐也得到圆满的结局呢。”

“呜……”

周一放学后。

远子学姐抱着双腿坐在铁管椅上，愤恨地瞪着桌上的戒指。

“克服了重重困难，最后终于拿下戒指，这不是很好吗？真是最棒的圆满结局。”

“呜……我本来想帮畑中同学表白心意，让速见同学温柔地将戒指戴在畑中同学的手上。像这样浪漫的圆满结局才对嘛……”

远子学姐还在唠叨地抱怨。

她缩着身子，把下巴靠在膝上，一脸遗憾地看着戒指。

“……结果这个戒指到底是哪来的啊？”

“会不会是文艺社的毕业学长姐留下的？”

“或许吧。”

远子学姐更加垂头丧气。

“我来告诉你们这个戒指的秘密吧。”

门外传来这句话，接着进来的是雪野老师。

我和远子学姐都吃惊地看着老师。

雪野老师走到桌前，拿起戒指，怜爱地眯起眼睛。

“……这是我的戒指。”

“咦？”

“是老师的？”

我们异口同声地喊道。

雪野老师绽开了笑容。

“是啊。这是我在圣条学园读二年级的时候，喜欢的人送我的生日礼物。”

老师十分缅怀地谈起当时的事。

“他是我的同班同学，我们当时是男女朋友。我们会在放学回家的途中站在路边聊两个小时，还会背着大家溜到屋顶吃便当，有一次我还在他的笔记本上偷偷地写了很多‘喜欢你’呢，真的好幸福。当时我们还说好将来要结婚喔。

“可是高中毕业以后，我考上仙台的大学，他却跑去读福冈的大学，我们就这样分开了。经过两年，感情就很自然地变淡……”

老师有点寂寞地垂下眼帘。

可是，她很快又露出和煦的微笑。

“后来我们完全没再联络，但我还是一直留着这枚戒指，而且经常拿出来看。

“两年前我回这所学校当老师时，突然清楚地意识到，啊啊，他已经不在这里了，那段时光已经远去。

“所以，我决定把这枚戒指还给过去的自己。

“我去到和他第一次接吻的数据室，把戒指丢在纸箱之间。”

原来是这么回事。

远子学姐以前告诉过我，文艺社的活动室本来是置物室。雪野老师丢掉的戒指，想必是在搬运东西时落到书堆之中。

后来速见会长弄倒书堆，碰巧又让戒指滚出来。

“真没想到我还会再见到这枚戒指。当天野同学在温室里解开绷带的时候，我真的吓呆了。”

老师笑得像个十几岁的少女，然后以成熟温柔的眼神看着我们。

“我到春天就要结婚了。我的先生并不是送我这枚戒指的人。

“戒指会在这种时候突然出现，真是太巧了。

“我回家以后，还忧郁了一整晚呢。

“可是醒来以后，我心想，这枚戒指或许是过去的我送来的礼物。虽然我和他已经分手，但是那段时光真的很快乐，那是我第一次如此单纯地喜欢一个人呢。

“想起当时的心情，我还是觉得好幸福。

“当然，我现在最爱的是未婚夫。”

雪野老师开朗地说着，表情和声音同样愉快、同样灿烂。

远子学姐和我也自然而然地跟着微笑。

老师将戒指放在远子学姐的掌心。

“天野同学，若是你不嫌弃，这枚戒指就送给你吧。我戴起来太紧，所以只能戴在小指，不过你戴似乎刚刚好呢。”

“咦？可是……真的可以吗？”

老师温和地点头。

“我爱过他的记忆还是会一直留在我心底啊，而且我现在已经有这个了。”

她开心地举起左手，无名指上的钻戒发出闪闪光芒。

雪野老师离开后，远子学姐屈膝坐在铁管椅上举高戒指，一脸陶醉地望着。

“这个戒指见证了像童话故事一样美好的爱情呢……”

她语气甜腻地说。

“《玫瑰与戒指》是写给小孩看的故事，也是一部描述魔法戒指和玫瑰把人们耍得团团转的讽刺喜剧……经过误会、错过、分离……然而最后还是产生了真爱，圆满地收场……

“说不定故事结束之后，格里欧和罗莎芭还是会再错过彼此或是分离……如果他们能坚信彼此之间的爱情，一再地走向圆满结局就太好了……”

远子学姐的嘴唇像花朵绽放般张开，轻轻叹气，却因为后仰而失去重心，连人带椅翻倒。

“呀！”

“咚——”的剧烈声音响起，四周的书堆被震得纷纷垮下。

“呜呜……”

埋在书堆之下的远子学姐哭丧着脸爬起来，我急忙冲过去。

“难得气氛这么罗曼蒂克耶……”

看来她大概没事吧。

我冷淡地说：

“都是因为你大白天就满脑子美梦，才会恍惚到摔倒。”

“呜呜……心叶根本不相信圆满的结局嘛。”

远子学姐含泪瞪着我。

我捡起掉在地上的戒指。

“没有啊，我也觉得一定会有圆满的结局。”

我轻轻拉起远子学姐的左手，把戒指戴在她的无名指上。

远子学姐顿时满脸通红。

可是她立刻回过神来，扯着戒指大喊：

“啊！我好不容易才拿下来的，现在又拔不掉啦……太过分了！心叶！你是故意的吧？”

我背对哭丧着脸大叫的远子学姐，佯装不知情地回了一句“有吗”。

清澈的冬天阳光从布满灰尘的窗户照射进来。

◇　◇　◇

仔细回想，远子学姐就是从这件事的几天以后开始明显地躲避我。

很久很久以后，远子学姐才在写给我的信中提到她当时的心情。

——那是因为我开始意识到心叶是个男孩子。

——虽然个性恶劣，但有时又表现得很温柔、很率直，真是太狡猾了。

远子学姐这么写。

虽然那时候远子学姐已经离开我们共度温馨时光的小教室，走得远远的。

说不定，当我若无其事地帮远子学姐戴上戒指的时候，赫然涌出的甜蜜心情已经让她慌了手脚。

不过，这也只是我的“想象”罢了。

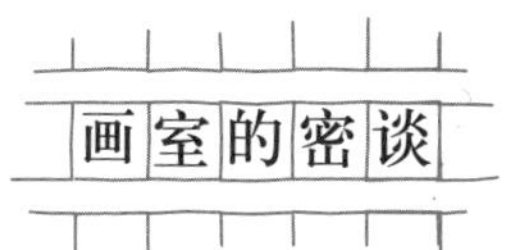

画室的密谈

“麻贵，我变得好奇怪喔！心脏扑通扑通跳个不停，而且脸颊随时会发烫耶！”

远子捂着通红的脸颊跑进画室，是在第三学期刚开始不久的时候。

平时她老是叫我“逼人脱衣当模特儿的变态”，避之唯恐不及，也很少走进位于音乐厅顶楼，专属于我的这间画室。

如今她却摇晃着细长的辫子，含着泪对我哭诉：

“怎么办啊？我是不是生病了？我还叫心叶不要靠近我，不要超过地上这条线耶！”

心叶是文艺社的一年级学弟，远子照顾他如同照顾自己的弟弟一般。

“哎呀，心叶这个文弱的草食系男孩竟然有胆识侵犯学姐，太惊人了。”

“侵、侵犯……心叶才不会做这种事呢！”

远子挑起眉梢，愤慨地说。

接着她又捂住双颊，彷徨地低下头。

“的确啦，心叶没有做错任何事，可是只要他靠近我，我就会心跳加速；他一对我说话，我的胸口就几乎胀破。以前我们总是两个人待在社团活动室里，但是从来没发生过这种情形……”

“你的胸部看起来不像是会胀破的样子啊。”

“麻贵！”

远子泪眼蒙眬地瞪着我。

“不要闹了，我、我是真的很烦恼耶。再这样下去，我就没办法和心叶相处……”

她越说越小声，肩膀垮下，一副无精打采的模样。

我叹了一口气。

“你们会变成这样是因为发生了什么事吗？”

远子害羞地说：

“唔……心叶把戒、戒指戴在我的手上……左手的无名指。”

我睁圆了眼睛。

“这是……求婚？”

那个老是得靠远子牵着，走得跌跌撞撞，娇弱无力的“千金小姐”做了这种事？怎么搞的？事情在我没察觉的时候已经发展到这种地步吗？

远子猛力摇头。

“不、不是啦！戒指突然出现在社团活动室里，而且也不是心叶放的，我试戴之后却拔不出来，后来靠着法式小圆饼口味的爱情故事总算是拿了下来，可是心叶又故意整我，把戒指戴到我的手上啦！心、心叶只是想要欺负我这个学姐，我却不由自主地脸红……”

“……坦白说，我还真是听不太懂。”

我揉揉自己的太阳穴。

“反正你都已经有自觉了，那还有什么问题吗？”

“什……什么自觉？”

远子战战兢兢地瞄着我问道。

啊啊，真迟钝。

“我是说，你开始把心叶当成男人看待。”

我断然说道。

远子像是挨了一巴掌，表情变得僵硬。

“！”

接着，她又困惑地慢慢垂下睫毛，悲伤地低声说：

“没有这种事。”

她那软弱的模样连我看了都觉得寂寞。

“不妨试着交往看看嘛。”

“不行……因为……因为我有事情瞒着心叶。”

她无力地摇头。

我这一年来已经看得很清楚，这个绑辫子的文学少女是多么疼爱她那太过纤细敏感的学弟。

拉他进入文艺社时，她高兴得心花怒放。

她一再严厉警告我，如果我接近心叶，她就要和我绝交。

每天她都会去一年级的教室带心叶去社团。

听到心叶冷冷地说自己又不是自愿加入文艺社，她就变得情绪低落。

不管被拒绝、漠视多少次，她还是不屈不挠地在心叶面前扮演一位活泼的学姐。

所谓有事情瞒着他，应该是指远子的监护人那件事吧。

远子很清楚，那位知名女作家过去和心叶有着怎样的关系，也知道心叶那时居于怎样的立场、受人怎样看待。

所以，她无法对心叶置之不理。

她忍不住接近他，向他伸出援手。

或许她一直在责备自己的动机不纯。

不管起因是什么，远子确实比谁都关心那个麻烦的小子，也治愈了他的创伤。

远子还是低头不语，仿佛仍在天人交战。

“你干脆对心叶坦白说出一切吧。如果你向他说出‘我喜欢你’，或许会得到你最爱的圆满结局喔。”

我开玩笑地说。

如果是平时，远子一定会气鼓鼓地反驳“我对心叶才没有那种感情咧”。

可是，她如今却露出哀伤的目光，声音飘忽地说：

“……心叶不可以成为我的作家。”

——我的作家……

这句话里不带半点甜蜜，只有无尽的哀伤、痛苦……

我靠向远子，伸手去拉她的制服缎带。

土耳其蓝的缎带流畅地滑开。

“我有个方法可以消除你的烦恼喔。只要裸露你的身心，把一切都交给我就行了。”

我笑着眨眨眼，远子像是看见变态似的，惊吓地后退。

“我我我我我我拒绝！啊啊，我真是的，无论心情再怎么混乱，也不该踏进野狼的巢穴啊！我彻底清醒了！我要走了！再见！”

她迅速说完，飞也似的逃出画室。

哎呀呀……真可惜。

不过，她似乎变得比较有精神，这样也好啦。我实在不想看到远子那么难过地垂下目光。

◇　◇　◇

大概经过十天，远子如同驱走附身的恶鬼，一脸轻松地走进画室。

前几天远子一直都请病假。

“我去找占卜师算爱情运，听说我的真命天子要等七年以后才会出现喔。

“看吧，麻贵，根本没有你乱猜的那种事嘛！今后心叶依然是我重要的学弟，不会有其他情况。”

远子似乎用占卜的结果说服自己，话说得很开朗。

“麻贵，请你帮我保管这个东西。”

她拿出一个小木盒。

我拿起来，听到里面发出喀啦声。

“……是戒指吗？”

就是她上次提过，心叶为她戴在手上的那个戒指？

想必我是猜中了，远子顿时敛去笑容，然后慢慢露出微笑。

“不是多珍贵的东西啦，我只是想表明自己的决心。”

因为只要留在身边，心情就会摇摆不定吗？

我有点想这样问，不过……

“好吧，那就放在这间画室里，你随时可以拿回去。”

“谢谢。说不定会永远留在这里吧。”

她的语气很沉静。

我想远子一定下了一个很大的决心。

所以我也微笑着回答：

“无所谓，要放到你七年后遇见真命天子的时候也行。”

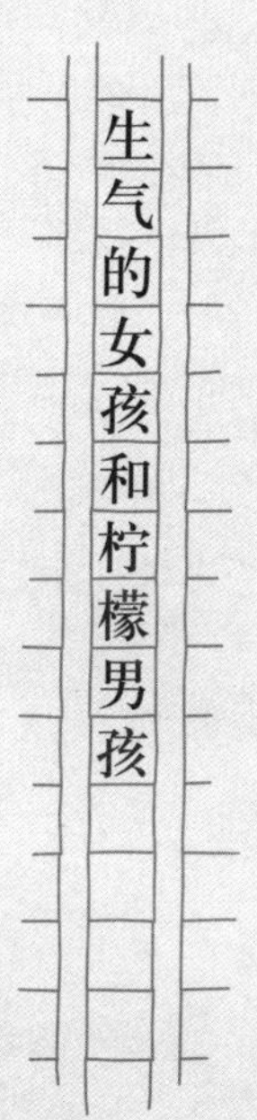

生气的女孩和柠檬男孩

——长大以后，我要当哥哥的新娘！

我到了初中二年级，才知道这是无法实现的约定。

“舞花，你从来没说过你喜欢什么人耶。”

梅雨季节中的放学后，有个要好的同学盯着我这么说。

此时只有女生们聚集在空教室里，热烈地谈着各自“喜欢的人”。

像是班长泽木很不错啦，三年级的宇佐见学长很帅啦，不对，还是三班的内藤最帅吧。

我在一旁听着大家红着脸兴奋地说个没完，话题却突然转到我身上。

“啊，舞花，你脸红了耶。”

“你有喜欢的人吧？”

“咦？是谁？是谁啊？舞花这么可爱，却从来不谈男生的事，让人很好奇耶。”

“好啦，舞花，你就说嘛。”

我慌得不知所措，大家却兴趣盎然地纷纷靠过来。

“呃，这个……”

脸颊热了起来。

“我喜欢的是我大……”

我想也没想地脱口而出，然后突然打住。

冷汗顿时冒出来。

我用喘息般的细微声音回答。

“……大、大西。”

大家都睁大眼睛，惊讶地叫着“咦咦咦咦咦咦”。

“大西？我们班的大西？”

“你是说那个超——安静，个性阴沉，披着长长刘海的大西？”

“下课时间总是一个人埋头看深奥的书，感觉很怪的大西？”

“黯淡得像是头上罩着乌云，死气沉沉的大西？衬衫老是皱巴巴，衣领也脏兮兮的那个大西？”

大家讲得还真过分。不过大西确实很阴沉，衣服也一向皱皱的。

“……嗯。”

我勉强挤出笑容。

“真不敢相信！舞花，你的眼光太奇怪了，不对，喜好和感觉也很怪。”

“初中二年级的女生怎么会选这种人啊？”

“舞花配大西太可惜啦！是说你到底喜欢大西的哪一点？”

大家包围住我聒噪地叫着，让我更是紧张得满头大汗。

“因、因为他喜欢读书……好像很聪明，这样不错啊……那个……只有这样啦。所以……当我没说过好了。”

我吞吞吐吐地说完，便按着火热的脸颊低下头，大家都看得哑然无语。

“哇，不是开玩笑吧？”

“真没想到耶。”

“舞花竟然喜欢大西。”

“我完全没发现呢。”

每个人都这样说。

这也是当然的。

因为我只是随便说个名字罢了。

我叫井上舞花，今年十三岁。

喜欢的人是我大哥。

“哥哥！我是舞花啦！”

我和平时一样，拿备用钥匙开门进去。

哥哥正在书房打计算机。

他连人带椅一起转身，苦笑着说：

“你又来啦，舞花。”

“什么嘛！难得可爱的妹妹特地来帮你做晚餐，还专程去超市购物耶。卫生纸和洗碗精都快要用完，所以我也一起买了。哥哥在截稿日前只吃快餐味噌汤充数，家里什么食材都没有。”

我把双手提的一大堆东西放在地上，鼓着脸颊抱怨，哥哥看得眯起眼睛笑了。

“有你帮忙做家事真的让我轻松许多，可是你如果不来，我还是会自己做啊，所以不用这么担心啦。你已经是初中生，课业和社团应该都很忙吧？”

“烹饪社的活动一周只有一次，再说我在哥哥这里写作业也比回家写更方便，有不懂的地方都可以立刻问哥哥嘛。”

“啊啊，我是你的专属家教吗？”

“是啊，如果我的成绩退步，没办法来这里，哥哥也会很伤脑筋吧？而且家里的事情妈妈全都做得好好的，我根本没机会下厨或洗衣服。我在做这些事的时候还满愉快的，或许我很适合当家庭主妇呢。”

思考要煮什么菜，把家里打扫得干干净净确实很愉快。

但我想这都是因为哥哥。

“那我煮好晚餐再来叫哥哥。啊，要先泡个茶。哥哥也继续加油，努力写稿吧。”

我用如同往常的开朗语气说完，关上书房的门，走进厨房。

哥哥是个职业作家，用井上美羽这个笔名写小说。

在初中的时候，哥哥以有史以来最年轻的文艺志新人奖得奖者身份出道，出版过两本百万畅销书。这两本代表作如今都还在持续热卖中，只要新书一推出，也一定能在当月的畅销排行榜上名列前茅。

书店还有哥哥的专区。除了大人以外，连和我年龄差不多的女孩们也会拿着他的书说：“美羽的书感觉好真诚，很能打动人心呢。”

我听到这些话，就会兴奋得像是自己受到夸奖一样，不禁露出笑容。

哥哥大学毕业之后就租了一间公寓，自己一个人住。这间公寓距离家里不远，走路就能到达，所以我向哥哥讨了备用钥匙，三不五时就跑过来。

妈妈对我说过：

“舞花，不可以打扰哥哥工作喔。你差不多该脱离哥哥，去交个男朋友吧。”

可是和哥哥相比，同年的男孩子或社团学长都像小孩子一样，我实在没有兴趣。

从小到大，我理想的男友一直是哥哥。

温柔、聪明、长相清秀、冷静、有知性，大正时代的文人多半是这种感觉吧。

可能是年纪相差很多的缘故，哥哥一次都没有欺负过我。

我小时候每次缠着哥哥陪我玩，哥哥都不会露出厌烦的表情，而是对我说：

“好啊，舞花想要玩什么？”

所以我默默决定，长大以后要当哥哥的新娘。

“唉，竟然以为兄妹可以结婚，真是太蠢了。”

我将卫生纸和洗碗精放到该放的地方，一边回想起过去的羞耻记忆，脸红了起来。

最令人不愿回首的黑暗历史应该还是那件事吧……

小学二年级的春天，就像今天放学后一样，班上女生聊着喜欢哪个男生的话题。

“舞花喜欢的是谁啊？”

“哥哥！”

我不加思索地回答。

“咦？舞花好怪喔。”

“你又不能和哥哥结婚。”

同学听了就嘲笑我。

后来全班都知道这件事，连男生也开始说“井上有恋兄情结”。

“恋兄情结耶！”

“乱伦乱伦！”

我哭着回家以后，扑在哥哥身上哭诉。

“我说我喜欢的是哥哥，大家就笑我很奇怪。我很奇怪吗？是吗？哥哥？”

“这一点都不奇怪，我也很喜欢舞花啊。”

哥哥优雅的手摸着我的头发，温柔地安慰我。

“可、可是他们还说我和哥哥是兄妹，所以不能结婚耶。”

“就算不能结婚，兄妹还是会永远在一起啊。”

“真的吗？”

“嗯。”

“哥哥会永远和舞花在一起吗？”

“嗯，舞花永远是我最喜欢的可爱妹妹啊。”

我高兴得不得了，抬头看着哥哥，笑着说：

“哥哥也永远是舞花最最最喜欢的哥哥！”

“哇啊啊啊！以前的我实在太可耻啦……”

我捂着脸蹲在厨房里。

光是回想，脸就烫得几乎喷火。

幸亏今天没有再犯同样的错。当大家问我有没有喜欢的人时，我差点像小时候那样说出“大哥”。

好在我还没说完就踩住刹车，改口说：“大、大、大……大西。”总算是敷衍了过去。

如果当场说出我喜欢哥哥，绝对不会像小时候那样被人笑一笑就算了。都读到初中还在喜欢哥哥，讲出去实在太过丢脸，说不定还会把朋友吓跑呢。

话说回来，其实说我喜欢大西也吓到朋友……算了，过一阵子再跟大家说“我大概是想太多，我已经不喜欢他了”这样就好。

嗯，就这样吧。

我自己一个人点点头，然后穿上围裙，准备为哥哥做晚餐。

隔天下课时间，我去洗手间回来时，刚好在教室门口和大西

撞个正着。

啊，糟糕。

心脏扑通扑通地狂跳。

大西正如大家所说，老是冷漠地低着头，给人一种很阴沉的印象。

他身上的衬衫总是皱巴巴的，下课时间也不和别人说话，只会一个人缩在椅子上看书。

偶尔有人找他说话，他都不看人家，只是漠然地回答。

他好像从来不打算交朋友。虽然大家不会欺负他，但是连男生们都觉得他很难相处，所以一直和他保持距离。

我和这班同学已经相处三个月，在这段时间里，我从来没有和大西说过话。

因为我们的位置相隔很远，也不曾因为公事而必须和他交谈，所以这样还算正常。

我想今后多半也没有机会和大西闲聊吧，现在只要若无其事地走过去就好，如果表现出尴尬的态度，反而会让他觉得奇怪。

我努力不让动作和视线显出半点不自然，正要经过大西的身边走进教室……

可是，他却停下脚步盯着我。

咦?

我们从来没有说过一次话，当然不曾像这样四目交会。

当然，大西也从来不曾像这样看着我……

大西紧紧抿着嘴、眯着眼睛，像在生气似的板起脸注视我。

这段时间只有短短几秒钟。

但我却像是心脏被人一把抓住似的，吓得不知所措，也没办法拉开视线。

我们站在门的两侧，在极近的距离下互相凝视。

怎、怎怎怎么？

为什么大西要这样盯着我看？

而且他似乎很不高兴。

不过，他平时也是这种表情啦。

我陷入恐慌之中。

怎么办？我吓到全身僵硬，双脚像是钉死在地上，视线也动弹不得！

当我紧张到额头冒汗时，他终于转开视线。

我还以为他打算说些什么，结果他却一言不发地走出教室。

擦身而过时，我隐约闻到衣物略带湿气的味道。

刚、刚才那是怎么回事啊！

心脏还在狂跳不已，脑袋也混乱了。

不对，一定是我太多心。

因为昨天大家说了那些话，害我忍不住想太多，才会误以为大西在盯着我。

没错，就当做是这样吧。

不过……

“啊，舞花！我刚刚去问大西‘你觉得舞花怎么样’喔！”

“咦咦咦咦咦咦咦咦咦咦！”

我愕然大叫。平时和我很要好的女孩们都嘻嘻笑着。

“这、这是……这是什么意思？”

“我已经说啦，我去问大西‘你觉得舞花怎么样’。”

“突然问人家这种事也太刻意了吧！”

“咦？会吗？”

“当然会啊！”

“我们又没有说你喜欢他。”

“是啊是啊，只是若无其事地说‘舞花好像很注意你耶’。”

“这样根本不叫若无其事嘛！”

没事跟人家说“你觉得谁谁怎样”或是“谁谁好像很注意你”，根本是刻意到极点嘛。

一般人听到这种话，一定会觉得“谁谁大概喜欢我吧”。

唉，难怪大西会用那种奇怪的表情看我。

哇……呜呜……我昨天只是不经意地脱口说出他的名字，其实根本没注意过他。

大家又向张口结舌的我说：

“虽然大西配不上舞花，不过我们都会尽量帮忙的。”

“要追那种阴沉的男生一定要积极一点才行啦。”

“对啊，首先是要让大西知道舞花对他有意思啦，接下来才是重点。”

我就说了我对他没意思嘛……

“那……那大西怎么说？”

我胆战心惊地问。

“他说没怎样。”

没怎样？

我想起大西刚才和我互望时的表情。

像是在生气似的，不高兴的表情。

大西的声音是怎样？我完全没印象。

不过，他用那种表情说“没怎样”，感觉就像很无聊、没兴趣，甚至是觉得很麻烦。

我对大西没有一点爱慕之心，所以假如他为此沾沾自喜反而不妙，可是听到他是这种反应，我还是觉得很火大。

我才觉得他“没怎样”咧！

大家看到我僵硬的脸色，大概以为我是听到大西态度这么冷淡而受到打击。

“没关系啦，舞花！大西就是那种人嘛，他只是在闹别扭而已。”

“就是啊，听到那种问题，他一定会开始注意你。”

“刚才他已经盯着你看了。”

“嗯，感觉很不错喔。大西从来没有注意过任何人呢。”

“再来只要继续加把劲就好了，舞花。”

还有人拍拍我的肩膀鼓励我。

“那、那个，可是……拜、拜托你们不要说得这么夸张啦。”

真头痛，这下子该怎么办？

我现在没办法澄清其实我不喜欢他啦！

上课时，老师的讲课内容我也完全听不进去。

怎么办？怎么办？怎么办？

听到大家的安慰，我只能说“我现在只打算暗恋，所以默默地看着就好了”。

“舞花，勇敢一点啦！”

“真是的，事情就包在我们身上吧！”

结果大家反而更有干劲，我真是自掘坟墓。

我偷偷向后转，躲在课本后偷瞄大西。

大西的座位在门口附近，而我坐在窗边最前排，几乎是呈对角线。

他低头写着笔记，低到眼睛都被刘海遮住。或许是因为弯腰驼背的缘故，整个人显得很阴暗。哥哥就算在打计算机的时候也是腰杆笔挺，姿势端正呢。

唉，如果大西是很有魅力的男生就好了，这样我就可以找借口说“情敌太多啦”或是“大西好像有女友”。

如果对象不是大西，女生们应该不会这么积极地撮合我们吧。

为什么我那时要说出大西的名字啊？

我不禁反省，因为姓氏前面有个“大”的人只有大西就说是他，这个想法实在太过轻率。

大西突然抬起头。

他似乎发现我在看他，稍微转头往这里望来。

“！”

我和下课时间一样，拿着课本僵在原处。

窗外淅沥沥地下着雨，沉静的教室里只听得见老师严肃的声音。

大西眯着眼睛、抿着嘴巴，看起来很不高兴。

过长的刘海盖住他的双眼。

我像只胆怯的松鼠，轻轻地倒吸一口气。

哇……我、我又和他对看了。

而且是从教室对角线的两端对看。

这是在演哪一出啊？我到底在做什么……我一边想着，脸颊热了起来。

讨厌啦，我竟然脸红了。

大西一定会以为“这家伙果然喜欢我”！

我正急着用课本遮住脸时，大西就别开脸。

和下课时间的情况一样，他并不是自然地转开视线，而是一脸困扰地别过头。

看到他这种态度，我顿时血气上冲。

什么意思嘛！

何必这样一脸厌恶地转开头啊！

大西对别人向来漠不关心，发现有女生喜欢自己或许会让他感到很有压力、不知所措，可是这种态度未免太差了！

我以前对大西这个人没有特别的感觉。

可是，我现在对他的好感已经降到零，而且继续往负数下降。

我最讨厌大西了！

这个人个性阴沉、态度冷漠、衬衫皱巴巴的，女生男生都讨厌他。啊啊，现在他却误会我在暗恋他。讨厌讨厌，好不甘心，真叫人生气！

在课堂上，我一直气得满脸通红、咬牙切齿。

◇　◇　◇

“舞花，你在学校发生什么事吗？”

我在厨房切菜时，哥哥从门后探出头问道。

“你好像在和蔬菜拼命似的，弄得好大声呢。”

“对、对不起，太吵了吗？”

“没关系啦，我只是有点好奇。你和朋友吵架了吗？”

哥哥走到我身边，温柔地望着我。

“没有啦，只是班上有个男生很会惹人生气。不过没关系，反正他看我不顺眼、对我视若无睹，我也一样假装没看到他。”

我鼓着脸颊气呼呼地说，哥哥却调侃似的眯起眼睛。

“舞花也开始谈男生的事情呢。”

“是、是这样吗？哥哥想太多啦。我以前也说过川边同学在分发营养午餐时弄翻牛奶的事，还有高田同学在游泳比赛时抽筋溺水、让我们班名次垫底的事啊。”

“喔？有吗？”

“讨厌啦，哥哥都没认真听人家说话。”

“怎么会呢？我都记得啊。你小学三年级时的好朋友小惠养的雪貂叫做亚里士多德，你小学四年级的同学小彩在情人节送了告白巧克力给三个男生，还有你五年级时和班上的朋友们一起挑战蒟蒻减肥法。”

“都是些怪事嘛，而且全都和女生有关，哥哥真好色。”

“因为你只提过女的朋友嘛。”

“我都说了我也提过男生的事啊！”

哥哥噗哧一笑。

“我也来帮忙吧。”

哥哥说着，便在一旁剥起洋葱。

我们有时会像这样一起下厨。

哥哥的手很灵巧，也很会用菜刀，其实他一个人就能把家事料理得很妥当。

或许根本用不着我这么鸡婆……我想到这里，不免有些寂寞。

可是，和哥哥一起煮饭、收拾餐具，我的心情就会变得很轻松。

近在咫尺的哥哥比我高很多，颈子纤细优雅，头发柔顺，散发着清洁的香味。

我不由得想起和大西擦身而过时闻到的潮湿衣服味道，心中突然一紧。

可是哥哥的温柔谈吐和慰问，让我一下子就开心得什么都忘光了。我一边和哥哥闲聊，一边笑眯眯地切着红萝卜。

是啊，只要不理大西就好。过一阵子大家就会觉得腻，也不

会再提起这件事吧。

隔天，我极力不看大西的方向。

我们班上才没有大西这个男生，才没有、才没有！我拼命这么说服自己，进出教室时也都走离大西比较远的那个门。

上课时，我也绝对不往大西的方向转头。

可是这么一来，我反而更加在意大西，他乱糟糟的刘海和那张扑克脸不时浮现在我脑海里，但我还是一直默念“不能看、不能看”，死命忍耐着。

“告诉你喔，舞花，刚才大西在看你呢。”

“咦？”

午休时间，朋友悄悄地对我这么说，害我差点忍不住转头看他。

“是、是吗？”

我咬牙忍耐，装出不在意的模样。

“大西果真开始注意你了。”

“这也是应该的呀，因为喜欢大西的女生只有舞花嘛。”

“我有预感你们会顺利交往喔！”

“嗯嗯！”

我按捺着想要大吼的冲动，用忧愁少女的语气说：

“可、可是大西和我以前想象的不太一样耶。”

“啊？什么意思？”

“你已经变心了吗？太快了吧？”

我装出更犹豫的模样。

“我以前觉得，虽然他看起来很冷漠，但说不定他其实是个会在雨天捡回弃猫的好人。可是他经常瞪人，感觉好可怕喔。”

大家睁大眼睛看着我。

好，接下来爽快地说出我要放弃大西吧，这样就能解脱了。

“不好意思，我已经对大西……”

“你不能这样啦，舞花。”

咦？

“没错。你是因为被大西的冷漠打击到，才会勉强自己放弃吧？”

咦咦？

“你是在顾虑我们吧？不过既然都走到这一步，我们一定会奉陪到底！”

“我也是！所以你也要努力吸引大西喔！”

不会吧！

大家根本不听我解释，我错愕得说不出话，就这样结束了午休时间。

然后，到了放学后的打扫时间。

我穿着运动服来到生物教室，一打开门便僵在原处。

排列着奇怪标本、弥漫着酸味的教室显得空旷而冷清，只有身穿运动服的大西拿着拖把站在里面。

“大、大西！为什么……”

我吓得差点喘不过气。

“这周负责打扫生物教室的不是你那一组吧？”

大西看着旁边喃喃回答：

“……泽木说有事要找我组上的村井，所以叫我帮忙。”

啊，我第一次清楚听见大西的声音。

原来他的声音是这样子。

很低沉，还有些粗哑。

大概是到了变声期吧？

不对，我在意这个做什么？难怪大家说“我们有点事，舞花先去吧”，原来是有这种用意，我不禁慌张了起来。

等一下想必也不会有其他人过来。

我们班上的人都串通好了。

女生就不用说，连男生都以为我喜欢大西吗？

耳根渐渐发烫，我越来越慌张。

讨厌啦，我又脸红了。

“喔、喔……这样啊……”

我转身不看大西，从柜子里铿铿锵锵地拿出拖把。

“大家还真慢……”

我自言自语地说着，接着开始拖地，而且尽量离大西远一点。

“……”

大西没有回话，依旧保持沉默。

今天也下雨了，教室里好像闷着一股酸味。生物教室的味道和大西身上的味道有点像。

唉，真讨厌，气氛好凝重啊。

雨水静静地敲打窗户。

大西默默无语，我也紧闭着嘴巴。

因为我绷紧身体，尽量不看大西，所以我看不见他现在是什么表情。但是，我不用看也知道，想必他还是一脸厌烦地板起面孔、抿着嘴巴。

身后传来大西拖地和拧抹布的声音。

酸味好像快把我熏昏了。

怎么不打扫得快一点啊？我何必为他这么心乱如麻、魂不守舍呢？

如果我一不小心又和他四目相交该怎么办？如果我又脸红的话该怎么办？想到这些事，我就胃痛如绞，一边拖地一边不自然地后退。

此时，我的右脚小腿撞上某个硬物。

“呀！”

我失去平衡，身体一晃。

“锵啷”的声响同时传出，水花溅到我的腿上。

水桶翻倒了。

地板上蔓延出一片水洼，我脚下一滑，坐倒在地。

运动裤都泡在水里，感觉好冷。

我真的好想哭。

太悲惨了。

简直像个小学生嘛。

大西在这时候还是默默不语。我快被水桶绊倒的时候，他没有出声警告我，也没有跑过来问我有没有事。

光是我自己一个劲地在意他、厌恶他，还跌坐在洗抹布的水里，弄湿整个屁股。

不甘心的情绪从喉咙涌出，眼泪也快要掉下来。

“……井上，你的脚有没有怎样？”

冷淡的声音传来。

我回头一看，大西就蹲在一旁。

因为他靠得太近，我吓得心脏差点停止。

虽然他的表情还是很不亲切，但是藏在乱发之下的双眼认真地凝视着我。他运动裤的膝盖部分也因为吸水而变色。

“站得起来吗？”

这次我清清楚楚地听出来，他的语气带有一丝担心的味道。

我的胸口更加疼痛。

“可、可以，没关系。”

我急忙爬起来。

大西没有回答。

他或许觉得我很笨吧……竟然弄翻水桶……

不过大西什么都没说，而是开始拿抹布擦水。

他运动裤上的水渍扩散得越来越大。

“对、对不起，可以了啦，我来弄就好。”

大西没有停下来。

他跪在地上，头低得让长长的刘海完全盖住眼睛，仔细地擦拭我打翻的水。

然后，他小声回答：

“……不用……”

他是叫我不用在意吗？

我不知道这是对我客套的意思，还是他真的觉得这点小事没什么。

大西只是默默地持续擦地。

他这种举止和我们班的其他男生感觉截然不同。如果换成其他人，一定会气得骂人，或是嘲笑几句。

大西为什么连一句抱怨都没有，只是默默擦地呢?

“……对不起。”

我和他一起擦着地板，嘴里小声地再说一次“对不起”。

大西没有回答。

我又更小声地说：

“谢……谢谢你。”

我的头没有抬起来。

此时，大西的动作停止了。

“……”

他好像喃喃地回了一声“嗯”还是“喔”之类的话。

这天的打扫时间比平时多花费十七分钟。

大西把水桶、拖把放回柜子以后，也不看我一眼，便径自走出教室。

我很想向他说几句话，忍不住追上去喊：

“大……”

但我不知道该说些什么，也没办法开口叫住他，只能目送他离去。

大西的后颈仍然散发着一股酸味。

如果现在回去教室，碰到大西一定会很尴尬吧。我正在走廊上徘徊时，突然有一群人跑过来。

“我都看到啰，舞花!”

“你和大西的气氛很不错耶!”

“你打翻水桶的时候吓我一大跳，不过大西很体贴地帮你擦地呢!”

我大吃一惊。

为什么大家会在这里？难道刚才的事都被她们看见了吗？

“怎、怎么会呢？大西根本不和我说话，好像觉得我很麻烦。”

“有吗？可是你说‘谢谢你’的时候，大西用很害羞的表情看着你耶！”

“咦咦？害羞？”

大西会有那种表情？

“嗯，想不到他会那样呢。”

“难怪人家都说外表和个性有落差会更有魅力。那样还挺可爱的耶，如果他平时也能露出那种表情不是很好吗？”

表情可爱的大西……我实在想象不出来！不过，他刚刚竟然会用那种表情看我。

胸中好像有各种情感互相交错、激烈席卷，让我无法保持镇定。

我本来以为大西是个态度冷漠的讨厌鬼，可是……或许他也有自己的优点。话虽如此，我还是不希望大家继续误会我喜欢大西。

“好啦，舞花，别发呆了，要展开下一步计划啰。”

“啊？”

“首先得换上制服。”

“等、等一下，什么计划……”

女生们揪住结结巴巴的我，不由分说地将我拉走。

教室里的人几乎都已离开，也没看到大西，我总算松一口气。

她们催着我：

“快点快点。”

“头发也解开吧。”

“啊，还要擦个唇膏。”

大家七手八脚地帮我着装完毕，然后拉着我来到一楼的图书馆。

“我又没有借书……”

“没关系啦、没关系啦。”

什么没关系啊？我摸不着头脑地被大家拉进去。

里面是阅读区，大西正坐在其中一张桌子前读着厚重的精装书。

不会吧！

“大西！”

我想转身逃走，却被朋友推过去。

大西抬起头来看着我们。

他像平时一样，还是不高兴地眯着眼睛。

“大西，你对数学不是很拿手吗？舞花有些题目不懂，你教教她吧。”

哇啊啊啊啊啊！干吗这样啦……

而且还讲得这么大声，旁边的人都在看我们，大西好像也很不悦。

“对、对不起，我回家请哥哥教我就好了！”

我急忙说道，想要立刻溜走。

“……哪里？”

我还以为自己听错了。

大西板着脸，视线仍盯在书上，散发出一种“不要吵我”的警示意味。

可是，那低沉的声音的确是出自大西之口。

“哪里不懂？”

“这、这个……”

“我们先走啰，舞花。你们两人慢慢来吧。”

女生们像是促成相亲的媒婆似的说着，一溜烟跑得不见人影。

只有我和大西还留在原地。

“呃，这个……”

难得大西这么亲切地问我，要是再拒绝似乎太过分了一点。我想到这里，便慌张地从书包里拿出数学课本。

“这里不太懂……”

我随便指一个应用题。

大西阖起书本，看着我的问题。

“……别站着，坐下吧。”

“那……那就麻烦你了。”

我谨慎地坐在他身旁的座位。

啊啊，大西的衬衫真的很皱耶，领口也有点脏，还有一种衣服没晾干的味道，但我不觉得讨厌。

大西用低沉沙哑的声音为我解说题目的解法。

这和哥哥教我写作业的平静清澈声音完全不同，他解释起来也不像哥哥那么清楚易懂。

有时大西会皱着眉头，一脸烦恼地沉思。

不过我觉得他是在努力思考，要怎么解释才能让我更容易理解。

“打扰你看书真是不好意思。”

“……反正我看过这本书很多次了。”

我看看那本厚书，书背上印着“梶井基次郎作品集”。

“梶井基次郎……就是写《柠檬》的那个人吗？”

我在哥哥的书柜里看过这本书，也曾经读过。理由很单纯，只是因为封面上的字印得很漂亮。

故事篇幅不长，很快就能读完，但是内容和我想的完全不一样。

正在病中疗养的“我”怀着彷徨无助的心情走在街上，一边回忆过去，一边郁闷地徘徊时，来到一间水果店。

主角买了一颗柠檬，心情稍微好转一些，接着走进一间喜欢的书店，却又开始消沉。他随手拿几本画册，然后把柠檬放在书上，最后神清气爽地走出书店。大概是这样的故事。

老实说，我一点都无法理解这个故事哪里有趣。

可是，大西谈起《柠檬》这个书名时，原本紧抿的嘴唇稍微放松一些，眼神好像也变得更柔和。

“……嗯……在基次郎所有的作品中，我最喜欢的就是《柠檬》。”

大西的表情竟有这种变化，还有他竟然会主动谈起自己的事，都让我惊讶得心脏狂跳。

还有，他是用“仆”来自称呢。

我以前总觉得他像是会用“俺”自称的人。[①]

“譬如主角正觉得不安得难以承受，在水果店看到柠檬、拿在手上，心中顿时为之一轻的叙述……让我觉得很能体会、很有共鸣……所以我又读了基次郎其他的作品。”

大西的语气很平淡，声音和表情也都静静的，感觉很安详。

我突然觉得，大西说不定比我和其他同学都更成熟稳重。

我们同样是初中二年级，但他似乎比我们见识过更多事物，也懂得比我们更多。

说不定是因为这样，大西在教室里才会显得那么突兀。

我不禁对自己感到羞耻，因为我读完《柠檬》并没有产生像大西那样的感想，好像还很孩子气。

“大西……你真厉害，我都看不太懂耶。”

听我这么一说，大西好像很懊悔自己太多嘴，立刻闭口不说话。

刘海遮蔽了他的眼睛。

他是不是不高兴?

我有点忧虑，小心翼翼地问道：

“……大西，你很喜欢看书啊?”

大西默默地点头。

“你放学后常常来图书馆看书吗?”

这次他很小声地回答“嗯”。

然后他沉沉地低下头，盯着课本。

“啊，你的视力该不会很差吧?”

① “仆”和“俺”都是男性常用的自称，前者比较谦虚。

"嗯？"

"因为你总是皱着眉头、眯着眼睛，我还以为你是在瞪我呢。"

他闻言露出惊讶的表情，慌张地转开视线。

"你的视力是多少？"

"……"

沉默片刻之后，他才看着一旁回答：

"大概是……零点一吧。"

"这样一定要戴眼镜啊。"

"……"

大西默默不语，表情和平时一样拒人于千里之外。

糟糕，我是不是又说了不该说的话？

"隐、隐形眼镜也不错啊，软式隐形眼镜戴起来比较不会不舒服喔。"

"……"

"对不起，我太多话了。我还是继续写数学题吧。"

我低下头去，开始动笔计算。

写到一半时，我偷偷望了大西一眼，发现他咬着嘴唇，好像很落寞似的。

看到他这副表情，我的心脏猛然一缩。

好不容易解出答案后，我战战兢兢地往旁边望去。

大西板着脸看我的笔记。他眼睛眯起、嘴唇紧闭，似乎在检查我的算式。

"……写对了。"

"真的吗？"

我放下心中的大石，收好东西后站了起来。

“谢谢你教我数学。还有，那个，也、也谢谢你在打扫时帮我擦地板……”

我打算从容地道谢，不知为何却说得很害羞。

不过我这次没有转移目光，而是直视大西，结果发现他稍微睁大眼睛，然后就尴尬地脸红了。

哇！他真的会害羞耶！

“……没什么。”

他喃喃说着，又低下头去。

我不禁露出微笑，心里觉得好温暖。

“那就明天见啰。”

“……”

但是我一离开大西、走出图书馆，身体却渐渐发冷，寂寞之情油然而生。

到晚上，雨还是淅沥沥地下个不停。

黑暗的玻璃窗流下眼泪般的水珠。

“哥哥，我泡好茶啰。”

正在打计算机的哥哥抬起头，看见我头上绑的两个马尾。

“哎呀？”

他有点惊讶。

“好怀念的发型啊。”

我小时候经常绑这种中分的双马尾发型。

但是，大概从小学四年级以后就不再绑了。

“为什么突然换这种发型？”

“唔……没有为什么啦。”

哥哥或许发现我的笑容有点僵硬吧。

“休息一下好了，要一起喝茶吗？”

他平静而温柔地说。

“……嗯。”

我点点头，也为自己端来一杯茶。

“直接到客厅喝不就好了？”

“没关系，在这里吧。”

我想要待在有哥哥味道的地方。

我们在地上摆了坐垫，两人靠在一起喝着香甜的奶茶。

抬头一看，书柜中央就摆着梶井基次郎的《柠檬》。

我知道哥哥看过那本书很多次，书页都变得皱皱的。

那是哥哥很喜欢的书。

哥哥想必也和大西一样，明白这本书的优点在哪里。

还有那种悲伤痛苦得承受不住时，却因拿起柠檬而在瞬间放松的感觉……

以及我不理解的伤痛……

“……哥哥现在有女朋友吗？”

我把一边的马尾靠在哥哥的手臂上，如此问道。

“这个嘛，你说呢？”

“不用装啦，我都知道，哥哥看起来好像很有女人缘，其实根本没人要。”

“被你发现了。”

哥哥轻轻地笑着。

“舞花呢？有喜欢的男生吗？”

“……没有。”

喉咙几乎哽住。

“和哥哥一样。”

“这种地方和我一样也没什么好处啦。”

哥哥抱怨的语调也温柔得让人感动。

其实我知道，哥哥有喜欢的人。

像是写小说的时候，或是在房间里独自看着窗外的时候，哥哥的表情看起来就像在思念某人。

柔和而悲伤……他常用这种眼神看着计算机屏幕，或是窗外遥远的风景。

每次看到哥哥这个模样，我的喉咙就像被堵住一样，无法出声叫他，因为我知道他正在想“那个人”。

哥哥一直思念着那个人。

哥哥之所以不交女朋友，想必也是因为忘不了那个人……

哥哥有很多本书翻拍成连续剧或电影，但只有一本书从来不肯授权。

那是哥哥在高中时写的，两本销售百万的畅销书其中一本。

内容是说深爱书本的辫子“文学少女”，以及为她写故事的男孩……

在我还很小的时候，哥哥的学姐来过我们家里一次。

她绑着辫子，体型苗条，笑容很美丽。妈妈笑着说过“她是哥哥重要的人喔”。

那个人一定就是“文学少女”的范本。

在故事的最后，两个人分离了，可是哥哥一定还是深信着两人会再相逢。

“……我不需要男朋友。”

“舞花，你才初中二年级，说这种话太寂寞啦。”

“可是我如果交男朋友，就没人会照顾哥哥，这样哥哥太可怜了。”

“谢谢你的同情。”

哥哥搂着我，摸摸我的头发。

“在哥哥交女朋友之前，我也不交男朋友。”

为什么我会在这时候想起大西的脸呢？

而且，我的胸口为什么会有一种酸酸的感觉？

我明明待在哥哥身边，闻着哥哥身上的香味啊。

胸口好酸。

“嗯……那在你交男朋友之前要麻烦你啰。”

哥哥温柔地说。

如果永远都能像这样就好了。

希望不要改变。

希望我可以一直喜欢哥哥。

我靠在哥哥身上，让他摸着我的头发，一边怀着酸酸的心情看着书柜上的《柠檬》。

◇　◇　◇

隔天，我真不想上学。

我好怕见到大西。

我不想再知道更多大西的事情。只要和他在一起，我好像会变得怪怪的。我不喜欢这样。

今天早上我还是从远离大西的门口走进教室。

一走进去，比较熟的同学全都又叫又笑地围上来，不只是女生，连男生也是。

“啊，舞花！恭喜你！”

突然有人大声地喊着。

“你昨天和大西处得不错嘛！”

“好像已经打得很火热啰！”

众人七嘴八舌。

我正在疑惑时，有个同学拿起手机给我看。

屏幕上出现的是图书馆的阅读区，我和大西并肩坐在一起，大西面带微笑，我则是红着脸呆呆地望向他。

这是大西正在谈论《柠檬》的时候。他们是在哪里拍的？

不只有这一张，另外还有几张照片。

有我胆怯地瞄着大西的照片，还有我睁大眼睛、惊慌看着大西的照片，以及我对大西露出亲切微笑的照片……

我是用这种表情在看他吗？

我的耳根热得像是着火，愤怒得呼吸不顺、全身颤抖。

“舞花，你的表情好可爱喔。大西的感觉也好亲切。啊，我把照片传到你的手机里吧。”

“不要。”

从嘴里吐出的声音严峻得不像是我。

身体各处变得又热又痛，几乎炸裂。

“立刻删掉！我对大西才没有半点意思！我也不希望别人误会我和大西在交往！”

没错，我根本不在乎大西。

我才不会用那种痴迷的表情看着大西。

那根本不是我！

“舞……舞花……”

同学都被我吓得说不出话。

教室变得鸦雀无声。

“我对井上也没有感觉。”

声音从后方传来。

我惊讶地回头一看，大西就站在后面。

他不像平时那样抿着嘴、眯着眼睛，或是板起脸孔。

而是一脸平静。

“还有，我下周就要转学了。”

我发烫的脑袋和身体瞬间变得冰凉，胸口痛得几乎迸裂。

转学？

教室里安静得有如深夜。

没有任何人发出声音，或是移动分毫。

只有大西一个人稍微驼着背走到座位，拉开椅子坐下。

大家如同收到暗号似的，尴尬地各自散开。

众人交头接耳地说“吓死我了”或“大西真的要转学吗”。

可是直到上课钟声响起，我都没有动过。

我像是被时间之流抛下似的，愕然地站着。

两天之后，到了星期五。

大西戴着眼镜来上学。

早上的班会时间，老师向大家报告大西要转学的事。

“……谢谢大家这段时间的照顾。”

看着大西在讲台前低声说话、向大家鞠躬，我的心中还是没有半点真实感。

“大西……”

放学后，我追上换了便鞋走出校舍的大西，在游泳池的栏杆旁叫住他。

“你真的……要转学吗？”

我的声音细微，而且还在颤抖。

大西静静地点头。

戴上眼镜的大西好像变了一个人。他不再眯着眼睛，也不再驼背，而是笔直地望着我。

“是、是因为我当着大家的面说了那些话吗？”

“不是的，这跟你无关……转学是很久以前就决定好的事。其实我本来打算在上初中以前搬家，但因为事情很多，一时之间处理不完……不过，我妈妈决定再婚了，所以……”

大西的声音和平常一样低沉粗哑。

天空灰蒙蒙的，栏杆后面的游泳池里水波荡漾。

远方传来球棒敲击棒球的声音。

“再婚的对象……是个很不错的人。虽然‘大西’这个姓就要改变……不过妈妈一直工作得很辛苦，所以她能再婚……我也觉得很开心。”

我第一次听到大西家里的事。

他老是穿着皱巴巴的衬衫，领口脏污，刘海那么长还不剪，视力不好却不戴眼镜，或许都有复杂的原因。

——在基次郎所有的作品中，我最喜欢的就是《柠檬》。

在图书馆里，他流露柔和的目光说着。

——譬如主角正觉得不安得难以承受，在水果店看到柠檬、拿在手上，心中顿时为之一轻的叙述……

大西当时的语气和眼神，和如今静静望着我的大西互相重叠，令我的胸中充满酸溜溜的感觉。

——让我觉得很能体会、很有共鸣……

大西的脸孔在我的视线中变得模糊。

“……我之前说对你没有感觉……其实是骗人的。听别人说你很注意我的时候，我真的很开心……

“因为你很可爱……个性开朗，还有很多朋友……感觉离我很遥远……

“和你说话的感觉，和基次郎的柠檬很像……”

他的脸渐渐晕开，越来越模糊。

大西似乎说了“再见”。

我含泪点头，回应一声“嗯”。

我说我对大西没有半点意思，其实也是骗人的。

真该说出来的，但是我没有说。

我没有问大西新的地址和姓氏。什么都没问，他就消失在我的眼前。

胸口好酸。

好像全身绞在一块儿似的，好酸，好难过，好寂寞。好心痛。

我低着头站在栏杆旁，哭得不能自已。

回家的路上，我一边走一边不停地眨眼、吸鼻水。

希望大西和新家人、新同学能相处融洽。

希望大西和他妈妈都能过得幸福快乐。

希望大西不再压抑、不再悲伤，而是笑着度过每一天。

我走进超市，将晚餐材料逐一放进菜篮。

今天来做高丽菜卷吧。不要用西红柿酱，改用奶油白酱，煮得香香甜甜……让人吃得胃里暖呼呼的。

泪水一再上涌。

我眨眨眼，再睁开一看，发现堆在架上的柠檬。

像是用颜料漆出来的鲜艳黄色映入我的眼中。

——和你说话的感觉，和基次郎的《柠檬》很像……

大西说他最喜欢梶井基次郎的《柠檬》。

我拿起一颗柠檬，放在手心，轻轻握住。

冰凉的小小果实贴在温热的皮肤上，感觉好舒服。

好像一口气吸走全身烦闷的热气，让我的心里顿时一轻。

柠檬温柔地带走哀愁与伤痛。

柠檬给了我安慰。

——让我觉得很能体会、很有共鸣……

绑辫子的文学少女在很久以前告诉过我，初恋的味道就像柠檬派。

那是酸酸甜甜的滋味。

我一边回想这些事，一边拿起三颗柠檬放进菜篮。

餐后的甜点就做柠檬派吧。

一定是酸得让人心头揪紧的滋味。

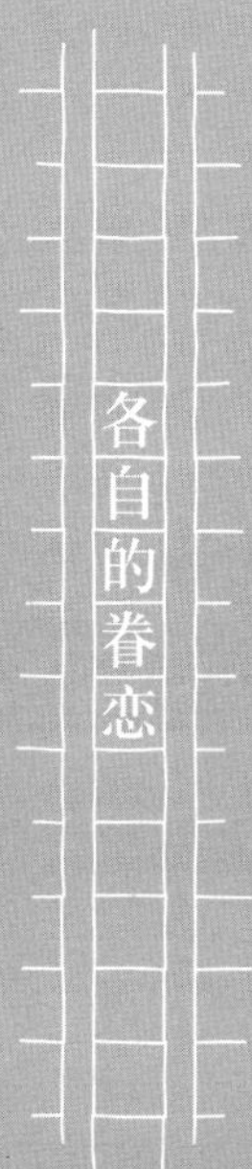

各自的眷恋

美羽～在迷惘中逐步向前

为什么光是看到他，我就觉得懊恼气愤、焦躁难耐？

他一句话都没说，只是挺直身体静静地看着我，我就火大得想要抓他的脸！

那一天，我的心情跌到谷底。

“那个叫日坂的女生是怎么回事啦！我把心叶过去的异性关系说得那么淫乱，她竟然还笑着说‘我总算放心了’！正常人应该是要吓到吧？我告诉琴吹这些事情时，她根本是脸色发青、僵着不动耶！日坂却一脸开心地对我说谢谢，这个人的神经到底有多粗啊！”

“……朝仓，我不是不理解你的心情，可是你一直拿拐杖敲邮桶只会把拐杖弄弯，还是住手吧。”

在路灯的阴暗光线下，一只手从后面轻轻拉住我，我气愤地猛然回头。

一诗凝视着我，表情认真得叫人生气。

从圣条学园回来的路上，我一直在发脾气。

我本来想把那个不知天高地厚、死缠着心叶的高一生赶走，没想到她竟然是个乐观、坚韧，像杂草一样的女生。

她听完我那些话，却没有半点受到打击的样子，连竹田都说“朝仓小姐输了呢，菜乃真不是普通人”，气得我浑身发抖。

这时一诗又像个没事人一样跑来接我，让我的怒气飙到最高点。

“我早就说过了，我又不是幼儿园小孩，自己回家就好！你这么没记性吗？”

我对他大吼。

这家伙真的这么不会察言观色吗？真尴尬，好讨厌。

我用力挥开一诗的手，转开头去。

“那么，你去找出日坂的弱点，把她从心叶身边赶走如何啊？心叶不是也很讨厌她吗？”

我无理取闹地说，一诗却听得很认真，还振振有词地回答：

“我不能做这种事，而且井上也不讨厌她。虽然一开始很难说，不过他现在似乎把日坂视为要好的学妹，相处得很自然……”

我用力踩了一诗的脚。

一诗皱起脸孔。

“你的观察力那么差，谁管你怎么想啊！总而言之，我看日坂不顺眼，我不喜欢她。那女生竟然当着我的面说‘你是芥川学长的女……’”

——你是芥川学长的女朋友吧？

日坂那张傻笑的面容，还有她那句该死的话都充斥在我的脑海里。

“怎么？朝仓？你脸红了耶。”

“呃！我、我才没有！”

“日坂说我什么？”

“跟、跟跟跟跟跟你无关啦！干吗这样追根究底，真讨人厌，笨蛋！”

一诗满头雾水地皱紧眉头。我转过身，喀啦喀啦地拄着拐杖自己先走了。

“真不舒服，不要再谈日坂的事！”

我感觉自己的脸颊在发烫，屈辱地咬着嘴唇。

可恶，我何必为了一诗这么失态啊！

焦躁的心情到了隔天还是没有平复。

“老师，帮我折猫熊！”

“老师，教我怎么折菖蒲！”

“我要骆驼！”

在我从夏天开始打工的地方——儿童中心里，孩子们拿着红色、黄色的彩色纸围到我身边。

现在是艺术之秋，所以学习区的桌上今天放了很多彩色纸，要用来贴在图画纸上拼成图案，装饰墙壁。

“咦？什么？猫熊？菖蒲？骆驼？我不会折那些东西啦。”

“这本书上有教……”

有个孩子拿了一本《快乐折纸教学》过来，我边看边在桌上折起菖蒲。乍看之下很简单，我却怎么折都折不好。

“哎哟，字写得又小又密，真难懂。呃……这里要折出三角形，然后翻过来……”

“不是啦，那里要往前折啦。”

“咦？你早点讲嘛。”

“老师真不会折纸耶……”

“要你管！”

我鼓着脸颊将纸张又折又翻，这时突然想起昨天的事，忍不住越来越烦闷。

为什么我会被当成一诗的女朋友？难道我们看起来很要好吗？开什么玩笑嘛！日坂这家伙，偏偏在心叶面前说这种话！

而且一诗来接我的时候，我还听见一年级的女生们说“她真的是芥川学长的女朋友耶，太惊人了”，害我死命忍着不要拿拐杖敲地板。

哼，真是越想越气。

一诗这种人只配当跑腿、跟班、布景，怎么可能是男朋友嘛！

对了……放假时一诗都会和我一起出去……不过那都是他自己要跟来帮忙提东西……他来我的公寓也不是我主动叫他来，而是他自己来的……我端茶出来也只是因为自己要喝，所以顺便泡了他的份，才不是因为他夸过我很会泡茶，那又没什么好开心的……

发现自己一直在思考这些事，更令我觉得耻辱，脑袋都热了起来。

“老师今天是不是要约会啊？”

有个天真的声音这么说，令我大吃一惊。

“胡、胡说什么啊？”

我气急败坏地瞪着他，其他孩子也说：

“因为老师的裙子好短喔。”

我听得满脸通红。

今天穿的裙子的确很短，裙摆只到大腿，可是今年就是流行这种款式嘛，而且我在裙子下又不是什么都没穿，明明就有咖啡色的丝袜，这样可以盖住脚上的伤。而且老是穿长裙太单调了，要是被人误会我是要遮掩腿粗才讨厌呢……对啦，只是因为这样……

“耶！约会约会！”

“老师要和男朋友约会！”

“给我闭嘴！”

我用力一拍桌子，喘着气对兴奋大叫的孩子们说：

“我、我才没有要约会……如果谁再多嘴，我就拿针线把他的嘴巴缝起来。”

“咦！”

“看，菖蒲折好了。”

“好像和书上的不一样耶。”

“老师，花瓣好少喔！”

“哎呀，真是的，烦死人啦！”

在嚷嚷之中，已经到了傍晚时分。

唔……真的不是约会啦。

打工结束后，我慢慢走向儿童中心附近的图书馆。

我和一诗约在那里。

这才不是约会，我只是要准备考夜校，所以叫他陪我去买参考书罢了。

我一再警告一诗，绝对不要去儿童中心找我，所以我们多半约在图书馆。一诗通常不会在阅读区等我，而是直挺挺地站在门口。

我跟他说过好几次可以进去等，他却不听，只是平静地说：

“我想要在这里。”

他有时就是会特别固执，不像心叶那样对我唯命是从。

初中的时候，我经常和心叶在图书馆写作业。心叶听到我说“我还有事，心叶先去图书馆占位置”，都会乖乖点头回答“好”。我故意很晚到，他还会急到坐立难安。偷偷躲在旁边看他这副模样，也是一种乐趣。

但是一诗不一样，无论我迟到多久，他的视线都不会飘来飘去，也不会露出慌张的神色或是寂寞地垂着头。他不管等再久还是笔直地看着前方，像是在执行任务似的，严肃地站着。

看见他这模样我就忍不住生气，所以和他相约我都不会迟到。

今天一诗也在图书馆的门口附近等我。

因为他帅得过分，女生走过去都会偷偷看他，更是令我火大。

有个穿着西装外套制服的女孩犹豫地停下脚步，好像在考虑要不要向他搭讪。

我立刻叫道："一诗。"

一诗的目光朝我转来。

那个女孩很失望地离开，我却突然开始介意起自己的裙子太短，从脖子到耳根都热了起来。

一诗慢慢朝我走近。

我、我又不是为了他才穿短裙!

我只是穿自己想穿的衣服而已。没错，我只是想证明自己的腿又细又漂亮。

一诗会说什么呢？如果他脸红了，我一定要好好取笑他一顿。

裹在丝袜底下的腿有点凉飕飕的。

我的心中交杂着脆弱和强硬的情绪，盯着他走到我面前。

他应该已经发现我穿了短裙。

我不由得挺直腰杆。

可是……

"走吧。"

他的表情和平时没什么两样，还是那么正经，既没有偷瞄我的腿，也没对我的裙子发表任何感想，更没有心虚地转移目光，而是沉稳地这么说完就走了。

什么嘛！这是表示我穿迷你裙没什么好看的吗？

他对我裙摆底下的细腿不屑一顾吗？

要是心叶看到我穿迷你裙和细肩带低胸上衣，都会面红耳赤地一直偷瞄耶！

满口说着喜欢我，为什么又对我的打扮视若无睹？

这家伙真的喜欢我吗？

和女孩子约会，看到对方第一次穿迷你裙，竟然什么话都不说，开什么玩笑嘛！

一诗在书店挑选参考书的时候，我一直低着头生闷气，完全不开口说话，表情也很难看。

“你累了吗，朝仓？”

“没有。”

“去附近找间店喝茶吧。”

“……”

我仍然低着头，和一诗走进书店楼下的茶店。

他问我“要喝什么”，我冷冷地回一句“奶茶”。

一诗向女服务生点了咖啡和奶茶。

坐在我对面的一诗高大成熟，看起来十分稳重。他仿佛不在意我的沉默，始终没有开口。

老是这样。

不管我再怎么生气，他也不会慌张，只会保持沉默直到我先开口为止。

我们点的东西迟迟不来，我开始折餐巾纸打发时间。

“……你在折什么？”

一诗讶异地问。

我冷冰冰地回答：

“你看了不就知道？”

“我看不出来……”

“菖蒲啦。”

“菖蒲是这个形状吗？”

“因、因为我还没折好啊！等一下就会越来越像啦。你看，我是照着这本书的教法折的，绝对不会错。”

我拿出从儿童中心带回来的《快乐折纸教学》，塞到一诗的眼前。

一诗翻开一看，认真地指正我说：

“真的错了，这里不是向内折，而是要向外。”

那冷静的语气激怒了我。

“什么嘛，那你来折啊！”

“我对这种细腻的手工艺不太拿手。”

“心叶的手就很巧呢。上家政课时他还帮我缝过围裙，项链的链子打结时也是心叶帮我解开的，同学住院时，心叶也帮忙折了我那份的纸鹤。”

一诗皱起眉头。

他、他生气了吗？因为我拿他和心叶相比。

但是，我才不管呢。

我以挑衅的态度继续说：

“心叶还会小心不让话题中断。如果我生气了，他也会战战兢兢地一再道歉，才不会像你这样，一脸阴沉地盯着我不说话。”

真希望让一诗更不知所措，更不高兴。

至少要让他露出难过的表情。

这么一来，我气愤的情绪一定会平静许多。

可是，一诗凝视着我的眼神还是同样率直。

就像大人看着不讲理的孩子，思考要怎么教导对方的眼神。

这又令我的脑袋发烫，胸口紧缩。

女服务生端来了红茶和咖啡，注入琥珀色液体的白色茶杯和牛奶壶摆在我面前。

“心叶都会帮我把牛奶倒进红茶里。”

我脸色不悦地说，一诗依然像在思考似地沉默不语。

这种时候他应该要慌张地拿起牛奶倒进红茶才对吧！真是个木头人！

我站了起来。

“算了，跟你在一起我就生气。”

“朝仓。”

一诗终于开口说话。

哼，现在道歉已经来不及了……

他直盯着我，用低沉平静的声音说：

“你不应该叫井上帮忙缝围裙，要自己缝才对。”

这是多久之前的话题啊！

他一脸认真都是因为在想这件事吗？

我的理智当场断线。

“我要走了！敢跟过来我就和你绝交！”

我大吼着，走出店外。

室外非常冷，而且下着小雨。

风雨透过丝袜打在腿上，我走得摇摇晃晃，好几次差点跌倒，真是糟透了。

◇　◇　◇

“一诗这个笨蛋！大笨蛋！超级笨蛋！去死吧！”

我回到公寓以后，怒气冲冲地捶打靠垫。

“迟钝！呆子！爱训话的老头！”

什么嘛，竟然说我“不应该叫井上帮忙缝围裙”！

心叶可是做得很开心呢！我把脸凑近他，笑着说“心叶的手好灵活喔”，他还害羞地脸红！

然后他紧张得刺到手指，叫一声“好痛”，眼泪都快掉出来了。我抓起他的手轻轻一舔，他的脸变得更红，真是可爱。

如果我对一诗做同样的事，他一定只会认真地说：“朝仓，唾液里有很多细菌，受伤的时候用水洗会比用舔的好。”

想到那副光景，我又抓起靠垫猛敲地板，这样还是无法消气，所以我又把靠垫丢出去。

我原本想象把靠垫砸在一诗脸上，结果却打中书柜，书本震得掉落一地。

“讨厌！”

都是一诗害的啦！

我怀着满腔怒火捡起书本放回架上，重新排好。最近买了越来越多本童书，一个书柜已经不够用。

此时，我的手停在一本书上。

《比肩》。

这是樋口一叶在明治时代写的清纯爱情故事。

这本书……是一诗拿来的。

他在我入院时带着这本书来探望我……

——因为你一直在看同一本书。

——我想这或许可以让你转换一下心情。我不知道该选什么书，所以就挑了比较有名的。

他正经八百地拿出一本薄书，看起来像是附有简单插画的画册。

的确啦，樋口一叶和《比肩》都很有名，可是，一般来说不是应该拿时下的畅销书吗？

带《比肩》这种书去探病，真不像高中男生会做的事。他不只是行为和措辞很老套，连品位都很过时。

我不屑地把书丢在一边好一段时间。

——不要，我只要有心叶的书就好了。

当时的我只是一再读着害我和心叶闹翻的《仿若晴空》，还把“真实的故事”写在上面。

每天都是。

那时的我每天关在冷清的纯白房间里，憎恨着最爱的事物。

我从何时放下我对心叶的执着，开始读那本《比肩》呢？

外面正在下雨，房里静悄悄的。

我拿起《比肩》，翻开封面。

主角美登利的姐姐是个红牌妓女，美登利长大以后势必也得当妓女。不过如今只有十四岁的她好胜、活泼又直爽，在朋友中间是个孩子王。

和她读同一间学堂的信如是寺庙方丈的孩子，也是个中规中矩又成熟的乖学生。

美登利对信如很有好感，信如对美登利却很冷淡，甚至视若无睹。

和美登利那一派敌对的集团领袖长吉请信如当他们的靠山，使得信如和美登利的关系越来越差。

我读这本书的时候一直很纳闷，美登利为什么会喜欢信如这种呆板又软弱的男生？跟他讲话都不回应，这种男生早点忘掉不是比较好吗？

有个下雨天，美登利听说信如出现在店门口，便大肆批评他，然后说：

“把木屐借给我，让我瞧瞧他。”

她特地走到门外，远远看着信如的背影离去，一直、一直看着。

在另一个雨天，她见到信如为了木屐的带子断裂正在烦恼，想要给他一块布来修理木屐却拿不出去，只能焦虑地旁观。

信如还是不理会美登利，自顾自地以笨拙的动作修理木屐。

然后，美登利把友禅布条丢到信如身边。

信如却没有捡起来。

“为什么你这样恨我，总是对我摆出无情的样子？”

“我才该恨你呢，你实在太狠心了！”

美登利难过得几乎落泪，却听见母亲一声声地喊着她。

“快快忘掉不就好了，何必一直牵挂在心？要是让人知道了可真丢脸！”

美登利如此想着，转身踏着庭石喀哒喀哒地跑走。

信如此时怅然地回头，只见一条红色的友禅绸布，像一片被雨水打湿的美丽枫叶躺在自己的脚下。

一阵无名的哀愁忽然涌上心头，但信如没有拾起布条，只是痴痴地望着。

不知不觉间，我听着敲打在窗上的雨声，反复不停地读着这一页，胸口感到一阵阵刺痛。

信如果然是个讨厌的家伙。冷淡、固执，还是个胆小鬼……只因美登利迟早会变成妓女，他就顾忌旁人的眼光，刻意躲避她。

不过美登利对信如难分难舍的感情更让我气不过，心头痛得都绞起来了。

美登利和信如都一样别扭，结果终究失之交臂，不得相见。

竟然拿这么令人郁闷的书来探病，我又对一诗的笨拙感到不耐。

可是看着书的时候，我忍不住一再望向桌上的手机。

“我是不是该主动打电话过去呢……”

我自言自语地说。

今天我的态度的确不太好。一诗是专程陪我去买参考书，我却对他摆脸色、不理不睬，还拿心叶和他相比。

可、可是，还不都是因为一诗对我穿迷你裙这件事不闻不问……虽然我不喜欢一诗，也没把他当成男朋友，可是他看到我和平时打扮不同却没有任何反应，实在叫人火大。我可是穿了迷你裙耶，他竟然像是什么都没有感觉到，真是气死人了！

可是，我也没办法对一诗抱怨这种事，太丢脸啦！

雨越下越大，窗上传来的敲打声也变大。

我看着手机低声沉吟。

这时，手机突然发出震动。

“！”

是一诗打来的。

我很犹豫，不知该不该接听，拿着手机的手指都僵硬了。

最后我屏息按下通话键，等着一诗开口。

“朝仓？”

“……我是。”

我的声音又变得不高兴。

一诗低沉的声音平静地说着：

“你平安到家啦，太好了。”

“你又把我当成小孩！”

“不是的，我只是觉得你的心情好像不好。”

“……是啊。”

“你忘了带走折纸教学，我先帮你保管，看你何时方便再送去给你。”

“……”

“朝仓？”

怎么办？胸口又开始疼痛。

因为一诗的语气太沉静……对于我的任性妄为、恶形恶状和孩子气的行为，都没有一句责备。

如果我现在开口，好像又会说出难听的话。

“你的心情还是不好，朝仓？我是不是该挂断电话？”

体贴的声音传来。

我握紧手机，用僵硬的语气说：

“《比肩》……”

“嗯？”

“……我刚刚在看《比肩》。”

一诗似乎很困惑。

我冰冷地继续说：

“信如让我好火大。”

我在说什么啊？

连我都不懂自己到底在气什么。

胸口没来由地感到刺痛，愤懑难平。

“只是这样。”

我没等一诗回应，就先挂断电话。

心情突然变得好悲惨，喉咙紧缩、鼻腔发酸。

我把脸贴在靠垫上，像死了一样毫不动弹。

胸口的骚动迟迟难以平息。

越来越觉得郁闷、悲哀。

我想起了大喊“不想长大”的美登利。

长大以后，美登利就要当妓女，势必得和即将继承寺庙的信如踏入不同的世界，也不能再随便和附近的孩子们玩耍。

“人为什么要长大呢？真想回到七个月前、十个月前，或是一年前。”

我也和美登利有着同样的心愿吗？

祈求着回到孩提时代。

我的脑海中依次出现像只小狗一样跑向我的幼小心叶，以及像和尚一样正经的一诗，令我胸口痛得几乎裂开……

再怎么想回到过去，还是没办法如愿。美登利换上大人的发型，变得沉默寡言，信如也为了成为僧侣而转学。

一句话都不说……信如连一句话都不说就离开！

就这么走进另一个世界！

这两人相差太多，原本就注定无法结合。

先不论信如，但美登利一定会永远懊恼下去。

烦恼着自己究竟想做什么、到底该怎么做，不过事情还是一团乱，只能独自伤心地落泪。

为什么要哭呢？

我觉得自己很蠢，但还是咬紧嘴唇，扑簌簌地掉眼泪。

“我求求你，快走吧，你再待在这里只会让我想死。”

“听你说话我就头痛，和你说话我就发晕。”

“任何人我都不想见！”

隔天早上，窗外一片寂静。

雨好像停了。

昨晚真是糟透了。我辗转反侧，怎样都睡不着，一直抓着床单呻吟。喉咙好痛，眼皮沉重，双眼也很刺痛。

还得去打工才行……

我走到洗手台前，用冷水洗脸。

然后，心情苦闷地换上毛衣和长裙。

我这辈子再也不穿迷你裙了。

吃过面包、优格和红茶当早餐，我便搭电梯下楼。

自动上锁的门外是住户信箱，我经过信箱时，赫然停下脚步。

我那一户的信箱里塞了东西，但昨天回家时明明是空的。

我紧张地抽出包裹，那是包在塑料袋里的薄书，封面写着《快乐折纸教学》。

是我昨天丢在茶店忘记带走的书！

一诗来过了吗？

心头顿时一紧。

书本旁边还有其他东西。

我从袋子里拿出书本，看见上面放着一朵纸折的水仙花。

白、黄、绿纸张折成细细的水仙花，这是一诗折的吗？

难道是因为我在茶店抱怨过自己不太会折菖蒲吗？

可是，为什么不是菖蒲，而是水仙？

如同晨曦慢慢照亮街道，我的脑海也逐渐浮现出《比肩》的最后一幕。

吐气都会凝结成白烟的寒冷寂静早晨。

美登利的家门口插了一枝纸制的水仙。

她怀着不胜依恋的心情，将不知从何而来的水仙花插在花瓶里，欣赏着那寂寞而清秀的模样。

那天早上，信如转入僧侣的学校。

信如就算到了最后，还是没和美登利说一句话。

只有一朵水仙孤寂地留在门口。

悲伤的情绪充满我的心胸。

为什么不是菖蒲而是水仙呢？

“我刚刚在看《比肩》。”

“信如让我好火大。只是这样。”

因为我在电话里这样说吗？

“那你来折啊！”

“我对这种细腻的手工艺不太拿手。”

“心叶的手就很巧呢。”

我在茶店说出这些话时，一诗稍微皱起了脸孔。那时我紧张得几乎无法呼吸。

将水仙花插在美登利家门口的是信如吗？如果真是如此，他是以怎样的心情留下这朵花？

他对这个不敢攀谈也不敢直视的女孩到底是怎么想的？

他究竟想要传达什么？

这个笨拙而自律甚严的少年，到底在这朵孤单的水仙花里寄托什么想法？

一诗……为什么要折水仙花？

为什么把花和书一起放在我家信箱里？

“笨蛋……”

我又感到鼻酸、几乎落泪，一边喃喃说着。

信如和那个呆头鹅都太不会说话了。

今天我比平时提早三十分钟结束儿童中心的工作，直接走向图书馆。

我走进门口，拄着拐杖缓缓爬上狭窄的楼梯，来到二楼的阅读区。

有些人看到拿拐杖的我似乎有些讶异，但我完全没放在心上。

我看看室内，发现窗边有个熟悉到惹人厌的面孔。

那张面孔一看到我，立刻露出吃惊的表情。

“！”

那人赫然站起身，声音大到四周的人都听见了。

我注视着他，慢慢走过去。

他一直没有动弹，或许是因为难得这么惊讶。

当我走到他面前，他总算说话了。

“……朝仓？为什么……”

“是你把书放在我家信箱里吧？”

他大概以为我在生气，眼中蒙上阴影，但又立刻惊慌地望向桌面。

虽然那双大手想要遮掩，但我已经看得仔仔细细。

桌上有一叠彩色纸。

没有写上任何字的纯白笔记本上，放着黄色的松鼠、橘色的骆驼、粉红色的牵牛花、蓝色的鲸鱼……

他急着阖起笔记本，不过来不及了。

我已经拿起一只绿色的蜗牛。

一诗惊慌失措地动着嘴唇，但没有发出声音。他似乎想说什么，却又无话可说。

然后，他发觉旁边的人都在看我们。

“……先出去吧。”

他撇开视线，满面愁容地说。

“你在练习折纸吗？”

我慢慢走在草木丛生的昏暗步道上，一边问道。

一诗像是很难以启齿般地小声回答：

“……因为你说井上的手很巧。”

我的胸口痛了起来，脸颊也发热。

“和书放在一起的水仙……也是你折的？”

“……是啊。”

“为什么是水仙？”

“……”

沉默片刻以后，一诗以沉静而肃穆的声音说：

“昨天你对我大发脾气，自己一个人先离开，我一直在想，如果是井上碰到这种状况会怎么做，但实在想不到。我试着打电话给你，你说你看了《比肩》后，对信如很火大。我又开始思考……”

路灯泛白的光辉照着一诗认真的侧脸，我屏息听着他说话。

“如果是井上会怎么做呢……”

我的心头紧紧地揪住了。

一诗那端正的脸庞转向愕然伫立的我，和平时一样坦率地凝视着我说：

“我还是想不出来。虽然我没办法做得像井上一样，但我尽力把自己的心情折进那朵水仙了。”

他沉静的眼底透出一股热力，让我不禁慌张了起来。这家伙明明是个不懂女人心的呆头鹅，没想到会出其不意地露出这种眼神。

我被他的目光盯得死死的，有点畏缩地问：

“……你觉得是信如把纸水仙插在美登利家门口的吗？”

“是啊。”

这毫不迟疑的单纯回答，更令我心跳加速。

“信如为什么要这样做？”

“不就是因为他喜欢美登利，并且为自己伤害过美登利的事道歉吗？”

一诗露出不懂我为何如此询问的表情，像在回答语文考题似地认真说道。他在折水仙花、骆驼、蜗牛的时候也挂着这种表情吗？

心中激动的情绪越来越难以平息，我不甘心地转开脸。

“……你真是笨蛋，又没有人叫你去学心叶。我、我的确一直拿心叶和你相比……可是这有什么办法？心叶是特别的嘛，你不也说过愿意排在心叶之后吗？”

脸颊好烫。

我到底在说什么嘛！

一诗认真地回答：

“是啊。”

“而、而且，你也不是把我当成一个女生来喜欢啊。对你来说，只像是在照顾流浪猫吧？所以不管我怎么无理取闹，对你又抓又踩的，你也只是一脸无奈，既不会对我发脾气，也不会吃心叶的醋，就算我穿迷你裙，你还是连看都不看。”

糟糕，我太多话了。迷你裙那件事也没什么大不了的，我又没有放在心上……

这时，一诗说话了。

“我该看吗？”

“啊？”

我吃惊地转头。

一诗愕然地睁大眼睛……更不可思议的是，他竟然脸红了！

“我觉得要是一直看，或许会让你感到不舒服，所以才故意不去看。这种时候我应该要看才对吗？”

他积极地询问，声音显得很兴奋。

我的脸也红起来了。

什么故意不去看，我根本看不出他的心中有这种纠葛啊！

“到底是怎样，朝仓？”

一诗靠了过来，他的脸和我距离好近。

“什、什么怎样……”

我紧张得几乎说不出话。

“笨蛋，谁理你啊！”

我不只脸红，连全身都在发热。

我急忙转身背对他，绝对不能让他看见我现在的表情。

“朝仓……”

一诗急忙追上来。

“你生气了吗？对不起。”

“我哪有生气！只是觉得很烦啦！”

“那就好，希望你可以再穿那样的衣服，你的脚很漂亮，很适合穿短裙。”

“不要一脸正经地说这种话！这是性骚扰！你这个大色狼！敢用下流的眼神看我的腿，我就宰了你！”

我拄着拐杖快步前进，一诗不明就里，神情复杂地跟在我身后。

秋夜的凉风吹着火热的脸颊。我心想，改天再来穿迷你裙吧。

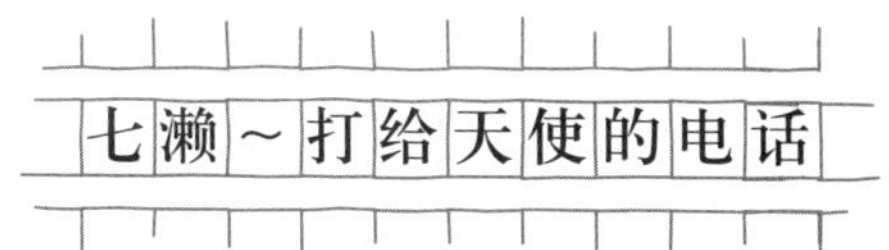

七濑～打给天使的电话

巴黎夜晚的歌剧院，金碧辉煌得有如一座宫殿。

天花板绘有鲜艳的图画，长走廊的两侧挂满熠熠闪亮的大吊灯，还有希腊风格的雕像。爬上像桥一般宽敞、令人赞叹的豪华楼梯，简直就像身处梦幻国度，让人心跳不已。

在这个场所，天使化身为弹奏竖琴的奥菲欧，唱出光辉般清澈的歌声。

能打动冥王的优美悲歌让我和其他观众也听得如痴如醉、浑然忘我，几乎不记得要呼吸。

在光彩夺目的舞台上，天使比任何人更“特别”、更闪亮。

“我是七濑～我刚看完表演，正要回去。（=′ ▽ ‵=）

“奥菲欧真是太棒了～～～～ v（＞W＜*）♪

“他思念着尤莉迪丝唱歌的那一幕让我好感动，心里胀得满满的呢。还好我决定在假日跑来看！

“谢幕时的掌声也好热烈喔！

“恭喜你实现梦想！夕歌！”

我在夜晚的道路上走向巴士站，一边用手机传送短信。

脑袋里还回荡着透明清澈的悲伤歌声，全身也包覆在舒畅的疲劳感中，就像刚从游泳池里爬出来似的。

我很犹豫要不要写最后那一句话，可是，如果我不是寄给“夕歌”就收不到回音，所以还是决定写进去。反正，我想夕歌一定也很期望天使在众人面前唱歌、感动每个人的心，得到震天价响的喝彩声。

我和“夕歌”的短信往来已经维持很多年。

即使从大学毕业、踏入社会，我还是像写日记一样，固定向“夕歌”报告自己的近况。

“夕歌”的回信有时很快，有时会拖个几天，不过内容总是那么温柔。只要看到我陷入低潮，就会鼓励我说“七濑一定没问题，我会帮七濑加油的”。

看到这些字句，我都会觉得好温暖，得以鼓起勇气。

“夕歌”现在到底在哪里？过着怎样的生活？有没有朋友？我始终无从得知。

即使在短信里询问这类事情，也得不到任何答复。

不过，就在两年前……

我刚找到工作，生活渐趋平静时，我下定决心把自己一直在想的事写在短信里传给“夕歌”。

“夕歌，天使再也不唱歌了吗？我很喜欢天使的歌声，真想再听一次。”

我是不是管太多了呢？会不会伤害到他？我非常担心，迟疑很久才按下传送键，胃壁紧张得收缩，脑袋也忽冷忽热的。

后来一整周都没有收到回音，我心想果然惹他生气了，或许再也得不到回复，心里痛得要命。

一周后的早上，我终于收到回复的短信。

“谢谢。”

只有这样短短的一句话。

我松一口气，但也有点不安。我不明白这个“谢谢”是什么意思。

天使是以什么心情传来这封短信？他现在做什么呢？

虽然好奇难耐，但我一直没问这些事，还是如同往常般写些最近发生的事。

只要他不讨厌继续和我传短信就好了……

后来的短信也回得很慢，我等了一个月以上。

以前从来不曾等过这么久，我不禁后悔不该提到唱歌的事，此外也很担心天使是不是发生什么事，会不会是因为生病或受伤所以无法回复讯息，担心到好几天都睡不着。

我在床上翻来覆去，不断祈求天使平安无事地和我联络，就算他已经变得讨厌我也无所谓。

某一天，我终于收到“夕歌”的短信。

我急忙打开来看。

“我是夕歌。一直没回复短信真是抱歉，七濑。

“我现在正在好莱坞。

“详情还不能告诉你，但是请别担心。”

是这样的内容。

这是怎么回事？好莱坞？是拍电影的那个好莱坞吗？

我看得满心疑惑，然后又经过半年多。

我出社会以后的某个夏天，有一部大制作的奇幻电影上映了。

剧中主角来到神的国度，里面传出美丽的歌声。

那歌声听起来像是少年又像少女，音色高雅清脆又温柔。

唱歌的人头披白纱，背对镜头。

观众只看得到那人苗条的背影，依然分不出是少年还是少女，但是认识“他”歌声的人都能立刻听出来，只有一个人能够唱出这种仿佛不存在世上的歌声。

已经失踪多年，那个难分性别的天使歌声！

我也在电影之中听到这个歌声。透明的声音静静传出的瞬间，我立刻想起高中文化祭时听到的《奇异恩典》。

啊啊，就像当时一样。

是天使的歌声。

在我软弱哭泣、失去勇气、驻足原地时鼓励着我的那个歌声……

我的心思瞬间回到高中时代，电影院里的歌声和当时充斥于体育馆的歌声互相重叠、交融合一，盈满我的心房。

Amazing grace!（how sweet the sound）

That saved a wretch like me!

I once was lost, but now am found,

Was blind, but now I see.

洪亮、温柔，令我振奋的有力歌声……

电影播完以后，我久久都站不起来，仍然沉醉在那歌声营造出的纯净世界。

其他观众也是一样，有大批人潮一再回到电影院，只为了听天使唱的剧中配乐。

天使复活的消息在日本也传得沸沸扬扬，我呆呆地看着电视画面打出陌生的外国名字。

我听过的只有臣志朗这个名字。

此时我才知道，天使原来是日裔法国人。

期待已久的歌迷们热烈欢迎重回舞台的天使。虽然相隔一段空白的时间，但他的歌喉丝毫没有生疏，甚至变得更美、更有魄力，令大家又惊又喜。

我一直在收集关于天使的新闻报道。

每次看到这些报道，我就觉得好开心、好庆幸，不过另一方面，心底深处也不免有些寂寞。

天使也和井上一样呢……都是和我处于不同世界，距离遥远的人。

为这种想法感到消沉时，我都觉得讨厌自己了。

电影引发轰动之后，我传短信给天使，他还是会回信，不过依然是用“夕歌”的名义。

我在短信里说，我下次要去巴黎看天使主演的歌剧。关于这件事，天使还是什么都没表示。

“不过，今晚能听到‘臣’的歌声真是太好了……”

不知道走了多久，巴士站早就过了，夏天潮湿的晚风抚过我的脖子。

路上看不见行人，大部分的店家也已经打烊，街上昏暗而宁静，但我的情绪却出奇地兴奋，好像能够一直愉快地走下去。

我既开心又寂寞，感觉真奇怪。但还是开心比较多。

不过，等我明天早上醒来要回日本时，或许还是会寂寞得难以承受吧……

这时包包里传出《奇异恩典》的铃声。

是“夕歌”的短信通知！

我惊讶地打开手机一看。

收到一封短信：

“我是夕歌。谢谢你来看奥菲欧，我很高兴。

不过巴黎到了晚上比较乱，最好不要独自行动。

先回歌剧院再搭出租车吧。”

我看了更是大吃一惊。

从字面看来，天使显然知道我现在独自走在街上。

难道他在附近？

不会吧？表演才刚结束，主角不可能在外面走来走去吧？

但若真是如此，为什么他会叫我先回歌剧院？

天使总是在我不知道的某个地方注视着我。

那次的文化祭也是……

我动作僵硬地左顾右盼。

街上只见已经关门的杂货店、面包店、服装店，看不到像是天使的人。

如果……如果天使现在就在我附近……

我叫他的话，他会出现吗?

不行，他一定不会响应的，过去他也是这样。

可是，如果他真的在附近，我好想见他，有好多话想对他说，有好多事想告诉他。

对啊，我来巴黎不就是为了这件事吗?

我心焦得呼吸困难，皮肤刺痛。

如果现在没有和他见面，那不知道还要再等多久。今后我仍然得和“夕歌”继续传短信吗?

天使已经是离我非常遥远的人。

他是在另一个世界里大放异彩的人。

但是，天使目前和我站在同一个地方。

他就站在同样的月光下看着我，关心着我。

现在我们的距离并不远，而是非常近。

既然如此……

我握紧拳头，离开大街，走进狭窄的小巷。

在不见灯光、阴暗潮湿的小径里，我怀着坚定的决心，喀哒喀哒地踩着高跟鞋前进。

我很清楚在语言不通的外国，又是这样的深夜，一个人走在小巷子里很危险。

可是天使如果正看着我，一定会跟过来。

所以我还是压低声息、绷紧身体，一步步走进只有黯淡月光的黑巷。

我拼命竖起耳朵，尽量不忽略任何一点声音或动静。

空气越来越潮湿、冰冷，道路也越来越窄。墙壁的裂缝仿佛随时会伸出一只漆黑的手，我死命叫自己别害怕。这里简直就像奥菲欧来访的冥界。

黑夜所掌控的阴暗世界。

我在黑暗中渐渐失去方向感，已经不知道该怎么走回大街。

即使如此，我还是尽力寻找声音……或是气息。

我开始回想夕歌和天使的事。

好朋友夕歌突然失去联络，让我心焦如焚。后来我得知夕歌的痛苦和绝望，但是天使告诉我，夕歌是听着赞美歌，微笑说着“好幸福啊”而闭眼长眠。

谢谢你那么照顾夕歌。

谢谢你为我扮演夕歌。

但是……

但是，我现在想说话的对象并不是夕歌……而是“你”。

我已经走了多久呢?

耳朵突然捕捉到一个轻微的脚步声。

“！”

胸口剧烈震动。

我更用力地倾听。那个脚步声轻得如同融入黑暗。后面的确有人跟着。

我再也忍不住了。

冥王告诉奥菲欧，回到人间以前绝对不能回头。

但是他办不到。

朝思暮想的人就在身后，怎么有办法不回头！
我猛然回头，用力得令头发甩在脸上。

没有……一个人都没有。

眼前所见的只有冰冷的墙壁、狭窄的小巷、远方的路口，还有月光。那个脚步声只是我听错了吗？
难道我的身后一直没有人吗……
我全身的热度顿时消退。
就在这时，月亮在小巷的交叉路口投出一道细长的影子。
我屏着呼吸定睛注视。
墙壁之后有个穿着薄上衣的纤细肩膀。
我全身瞬间僵硬得有如机器人。当我正举步维艰地走过去时，黑影移动了。
“等一下！”
我放声大喊。
黑影停下来了。
他依然背对着我，没有动弹。
我也不敢继续走过去，总觉得好像只要我一动，那个黑影就会消失。
要怎样才能让他回头呢？
我们明明互相认识。
我想了一阵子，想得太阳穴隐隐发疼，然后慢慢拿起手机贴在耳边。
就像很久以前我蹲在夕歌空荡荡的家中，井上打手机和我说话一样。

我一边在心中祈祷，一边开口。

“喂喂，夕歌？我是七濑。”

黑影抖动一下。

“夕歌，我有件事想告诉你。你可以听听看吗？”

没有回应。

但是，黑影还是背对着我，停留在原处，这让我鼓起勇气，继续对着没有接通的手机说话。

“我要出国时，井上来机场送我。井上遗憾地说他也很想去看天使的演出呢。还有啊，井上说不久之后就会见到远子学姐，远子学姐成为井上的编辑啰。”

——终于能见面了……

井上平静的语气中充满感情。

在分离的期间，井上一直思念着远子学姐。为了和远子学姐重逢，他一直默默地努力。

“听到这件事，我觉得好开心。我终于能整理我对井上的感情，终于能笑着告诉他，能喜欢他真是太好了。”

——能喜欢你真是太好了。

没有一丝懊恼，也没有半点逞强，这句话随着我的心情自然

地说出口。

啊啊，能喜欢井上真是太好了。

能一直喜欢他真是太好了。

井上也柔和地眯起眼睛，笑着回答我。

——谢谢。琴吹同学对我来说是高攀不起的女朋友啊。

我掩饰着害羞，笑骂他“笨蛋”，然后走向登机门。

我说出长久以来都说不出口的话。

也能真心祝福井上和远子学姐的重逢。

躺在机舱里的座位上，我有一种充实安宁的心情。

“能拥有这种心境，都是因为有人一直在支持我。”

我想传达出这句话。

对“夕歌”……对天使……对他……对那个只当了一阵子图书委员的学弟，那个戴眼镜的男孩！

墙壁后稍微露出的背影，以及地面上的影子都没有移动。

我更用力地握紧手机。

“夕歌，我好想见他。好想见见那位关心你的天使，一直在鼓励我的天使。”

我深深凝视着毫无动静的纤细背影。

我怀着诚挚的期盼说：

“把天使介绍给我吧，夕歌。”

影子隐约地摇晃。

拜托，请你回头吧。

我紧握着手机恳求，紧张得无法呼吸。

看着奥菲欧的背影，随他从冥界走向人间的尤莉迪丝，也是用这么不安的心情跟在他身后吗？

但是，我不会像尤莉迪丝一样消失无踪。

所以，请回头吧。

我现在还是不太敢和男生说话，只要紧张就没办法注视对方的眼睛，还会忍不住板起脸的毛病也还没完全改掉。即使面对面，或许我会怕得不知道该说什么，让彼此都很困扰。

即使如此，我也不会逃避！

我一定要看着他的眼睛，勇敢地说出心里的话！

所以回头吧！

我的双脚、手臂、肩膀、脸颊、眼睛都因用力而绷紧。在我的注视下，影子好像有些迷惘，僵硬地转动头部。

纤细的肩膀轻轻摇晃，墙壁之后出现戴着眼镜的优雅侧脸。

然后……

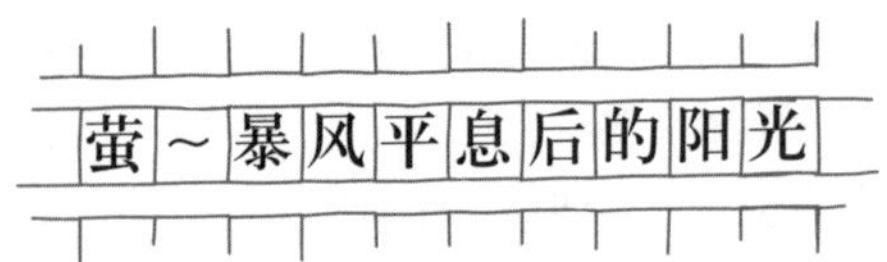

萤～暴风平息后的阳光

来画父亲的画像吧。

暑假刚开始时，我下了决定。这是在父亲七七忌日过后的事。

我坐在自己房间的地毯上，拿着炭笔在腿上放的素描本上作画。

我今年十四岁，在学校参加美术社。我很喜欢画图，从小到大什么都画，有时画的是母亲，有时是哥哥，或是帮佣的阿姨、妈妈的秘书高见泽先生、偶尔会来我们家的流叔叔，还有我们家的猫咪克劳德。

可是，我一次也没画过父亲的画像。

我画得出父亲的模样吗?

先从眼睛开始画画看吧。

从某些角度看起来会变成蓝色，那双色彩奇特的阴沉眼睛。

在我的回忆里，父亲像个背负着沉重罪孽的人，总是痛苦地板着一张脸。

我画出他笔挺的鼻子、薄薄的嘴唇、窄窄的下巴，素描本上逐渐出现一张孤独的男人脸庞。

“那是保先生吗?”

突然传来这句话，我吓得回头一看，发现哥哥在我背后望着素描本。

“呃……嗯。”

我觉得好羞耻……尴尬至极地回答。

“我突然很想画画看。”

“这样啊。萤真的很会画图，画得很像呢。”

哥哥像在安慰我似的，声音很开朗。

已经上高中的悠人哥哥和我是同母异父的兄妹。

哥哥是流叔叔的儿子，但是母亲没有和流叔叔结婚。

流叔叔长得非常英俊，个性活泼又有趣，比那些叔伯辈的亲戚更让我喜欢。不过哥哥都说：“母亲没有和父亲结婚是对的，如果那种浪荡的人变成‘姬仓麻贵’的丈夫，亲戚们一定会气得爆血管，那就糟糕了。”

不过母亲和我的父亲结婚时，姬仓家的亲戚们也不太高兴。

我在葬礼上听到很多坏话。

“麻贵小姐和那个风评不佳的坏男人结婚时真是吓坏我了，还好他死得早。”

“就是啊，如果他还活着，说不定会侵占姬仓家的财产呢。”

“他的前妻好像是意外过世的吧？听说他还把小舅子的公司据为己有。”

“这么年轻就生病过世，一定是遭到天谴。”

这些悄悄话累积在心中，害我难过得全身发冷。

母亲看见我垂头丧气的模样，便温柔地握住我的手，爽朗地说：“不要被别人说的话影响，你要用自己的脑袋去思考，用自己的心去感受，坚定地相信自己。”

母亲不在身边的时候，哥哥也来握着我的手。

“……我好奇怪喔。父亲已经死了一个月以上，我却还不习惯少了他的生活。”

我抓紧素描本的边缘，低头说着。

我已经十四岁，早已过了依恋父亲的年纪，我也从来不是个很黏父亲的孩子。相反的，从我懂事以来，父亲和我之间一直有着难以言喻的隔阂。我很少和父亲一起坐在餐桌前，连假日都很少看见他。

帮佣的阿姨经常安慰我说，萤小姐的父亲是社长，所以要忙着工作。可是母亲也有工作，却都会固定回家和我还有哥哥一起吃饭，假日也会带我出去买东西或是写生。

我根本想不起来，上次和父亲好好说话是什么时候的事，说不定从小到大连一次都没有。

可是等到父亲不在了，我却觉得全身不对劲，仿佛心里破一个大洞，真是奇怪。

晚上听见门外传来汽车的引擎声，我不会再猜那是父亲回来了；经过父亲的房门时，我也不会紧张地想着或许父亲会刚好走出来；晚餐时间如果看到桌上多出一副餐具，我也不会惊讶地猜想今天父亲或许会和我们一起吃晚餐。虽然如此，我的心里还是无法接受这些事。

即使理智上已经接受父亲的死，我的心中或许还有一部分觉得父亲只是长期出差，半夜的车声和玄关的开门声可能就是他。

“一点都不奇怪，因为保先生是萤的父亲啊。”

我不知不觉地掉下眼泪，哥哥坐在我身边，轻轻搂着我的头。

哥哥的手好大，靠在一起的身体也好温暖。好像我什么都不用说，他就知道我的心情，让我觉得很安心。

可是，我和父亲真的是“亲子”吗？

哥哥和流叔叔没有住在一起，但他们的感觉像真正的父子。哥哥会叹着气说“父亲，你也该找工作了吧，都三十几岁还是无业游民，实在太没用了”，流叔叔听了就会抱住哥哥的头，或是用手肘顶他，笑着说“你太嚣张啦，悠人”。

父亲和我之间，从来不曾有过流叔叔和哥哥那样的轻松对话。

父亲老是紧紧地抿着嘴、表情黯淡，一副疲惫的模样。

当父亲用那双带有异国风味、透出一抹青色的眼睛看着我时，总是显得很难受。

仿佛看见什么不想看的东西，他眯起眼睛、屏住呼吸，脸孔僵硬泛青……接着尴尬地转开视线，好像很不愉快地低垂着头。

小时候的我一直为此感到忧虑。

为什么父亲看到我都是这种表情呢？

父亲是不是很讨厌我？

在我担忧得胸口几乎胀破的时候，无意间听见母亲和流叔叔说的话。

那是在我小学五年级的冬天。

放学后，我搭车到母亲的画室。那里是圣条学园音乐厅的顶楼，母亲在工作之余都会来画图。我喜欢画画也是因为母亲的影响。有时我会和母亲一起拿着素描本写生，共享同一个调色盘上色。

那一天，我在校内的绘画比赛中获得金牌，非常兴奋。

我想给母亲一个惊喜，所以请音乐厅的柜台阿姨不要告诉母亲我来了，悄悄地走向画室。

我还没打开门，就发现流叔叔在里面。

“小萤和死去的萤越来越像了。”

……他们正在谈论我吗?

我正要推门，手却赫然停止。

不过，死去的萤是谁啊?

除了我以外，还有其他的萤吗?

我躲在门后仔细听着。

“太离奇了……小萤是你和黑崎的女儿，又没有夏夜乃的基因，却很像和夏夜乃相似的萤。”

流叔叔的声音不像平时那么愉快，反而有点寂寞。

“是啊。”

母亲回答。她的语气也比平时严肃。

“黑崎一定觉得受到了惩罚吧。”

母亲都叫父亲“黑崎”。

就算已经结婚，母亲还是姓“姬仓”，父亲则是“黑崎”，两人的姓氏不同。

为什么父亲会觉得受到惩罚呢?

因为我和“萤”很像吗?

父亲每次看到我都那么难受，就是因为这样吗? 我是父亲的

"惩罚"吗？萤……还有夏夜乃……到底是谁？

我的胸中冰冷，脑袋混乱，缩紧身子，比来的时候更小心地压低脚步声，快步离开画室。

原来是我在折磨父亲！

我有一种万箭穿心的感觉。

父亲很少回家，假日也几乎从不离开自己的房间，原来都是因为不想看见我！

回家以后，我趴在床上蒙着棉被哭了很久。

我哭得心痛欲裂，喉头哽塞，脑袋阵阵作痛。

到了晚餐时间，我还是躲在棉被里喊着"我不吃"。过一会儿，母亲就来到我的房间。

我仍然裹在棉被里吸着鼻涕。

"萤，你今天去了画室吗？"

母亲开门见山地询问。

我吓一跳，屏息沉默片刻，她又一针见血地质问："你偷听到我和流人的对话吗？"

我从棉被里稍微探头出来，看见母亲用关切的眼神盯着我。

眼泪又滚滚流出。

母亲见我浑身颤抖地答不出话，就坐在床尾，像是要拉起我似地抱紧我。

她身上的香水味很浓，有些刺鼻，但我反而觉得这味道令人安心。

母亲默默地摸着我的头。

我哽咽地说：

“母、母亲……父亲老是一副痛苦的样子，那都是我害的吗？因为我和死去的‘萤’很像吗？萤……和夏夜乃是谁呢？父亲讨厌我吗？”

我泪流满面，断断续续地询问。母亲听了就静静地说：

“‘萤’是和你有一半血缘关系的姐姐。”

“姐姐？”

“对，她是夏夜乃和黑崎的女儿。”

我从亲戚们的话中早已得知，父亲和母亲结婚之前，还和另一个人结过婚。

听说父亲的前妻是意外过世的，后来父亲侵占了她的财产。

可是，父亲和前妻明明没有孩子啊？

“夏夜乃……是父亲以前的太太吗？”

母亲的眼神变得黯淡了一些。

“不是，黑崎和夏夜乃没有结婚。”

“就像母亲和流叔叔那样吗？”

“不太一样。不过，在黑崎心中，夏夜乃永远都是他最爱的人。”

永远……最爱的人？

“父亲喜欢夏夜乃……超过喜欢母亲吗？”

我又想要哭泣，但母亲用坚定的眼神望着我。

“是啊，夏夜乃最爱的人也是黑崎。就像希斯克利夫和凯瑟琳一样，他们两人疯狂地爱着对方。”

“希斯克利夫和……凯瑟琳？”

母亲告诉我，那是《呼啸山庄》这本小说里的角色。然后她平静地说起父亲和夏夜乃的故事。

父亲和夏夜乃就像共享同一个灵魂一般，深深地相爱。

夏夜乃后来和其他人结婚了。

但是，夏夜乃为父亲生下一个孩子。

那个取名为“萤”，长得和夏夜乃一模一样的女孩怎么了呢？

“‘萤’也是……用自己的生命去爱黑崎，爱她的亲生父亲。”

我屏息听着母亲说的话，耳边仿佛刮起一阵暴风。

她爱着父亲？爱着和她有血缘关系的父亲？

“萤”和夏夜乃罹患同样的病而死。

父亲无法响应“萤”的感情。

母亲没有详细叙述事情的经过，但是她很清楚地描述三人的心情。

“这对你来说一定很难懂吧。”

母亲苦笑着说。

只有十一岁的我的确觉得这个故事太复杂，离现实太遥远，不太能理解。

可是，我的耳边一直听到如同狂风摇撼草木、激烈吹过荒野般的声音。

“萤，父亲并不是讨厌你。你应该知道圣诞节早上出现的礼物是谁送的吧？”

母亲最后和蔼地说了这句话。

圣诞节的早上。

我的枕头边一定会出现绑着缎带的布偶或是图画书。

早在多年前，我已经知道那不是圣诞老人送的礼物，也知道深夜里在我装睡时屏息悄悄走进我房间的脚步声是谁。

还有枕边增加的若干重量，带有烟草味道的冷冷气息是来自谁。

即使父亲去国外出差，到了圣诞夜还是一定会回家，走进孩子的房间。

当我醒来时，就会发现礼物。

每年，每年都是。

从小到大不曾间断。

十一岁的我很努力地去体会，这对父亲来说已经是竭尽全力。

父亲不是讨厌我。

可是，当我得知是我让父亲想起过去的心酸后，就比从前更不敢和父亲说话。

“……早安。”

早上这样打招呼时，我都会低着头，尽量不去看父亲的眼睛。

和父亲在走廊上相遇时，我也只是默默地从旁边通过。

看在父亲眼中会做何感想呢？

画室的书柜上有一本《呼啸山庄》，母亲似乎读过无数次，书都变得皱皱的。

我将母亲的书放回架上，用自己的零用钱买了一本新的《呼啸山庄》，偷偷躲在房间里阅读。

在荒野上捡回来的少年——有一对深色眼睛的希斯克利夫，和山庄的千金小姐凯瑟琳坠入情网。

但是，凯瑟琳和富裕的林顿结婚。

希斯克利夫认为凯瑟琳背叛他，所以他离开这个国家，后来变成有钱人，再次回到这片荒野。他侵占林顿和凯瑟琳双方的家产，但是凯瑟琳生下女儿就死了。

希斯克利夫呼喊着凯瑟琳，要她化为鬼魂来纠缠自己。

被害的人都会缠着杀他的凶手，我知道有无数鬼魂在世间漫游。你就永远跟着我吧！

求求你，不要把我独自撇在没有你的深渊里！

喔！天啊！该如何用言语表达？没有我的生命，我无法活下去！没有我的灵魂，我无法活下去啊！

希斯克利夫的激情撼动我的心，令我冷得浑身颤抖。

竟然有人能这么深爱着某人，甚至把对方的灵魂视为自己的灵魂，宁可对方化为厉鬼继续纠缠自己。

这已经不是爱，根本是疯了！

父亲也是这么疯狂地爱着夏夜乃吗？

和我同名的那个女孩，也是像暴风一样深爱着父亲吗？

我心中的父亲和激情、渴望都扯不上关系，只是个脸上充满疲倦悲伤的男性。好像对世上所有东西都没有兴趣，早已放弃了一切。

当我想到父亲就是失去凯瑟琳的希斯克利夫，不由得心头紧缩到发痛。我紧紧抱着书本，咬紧牙关。

寂寞充满整个心房。

在父亲的眼里，我的存在意义或许只是用来唤醒他对夏夜乃和另一个萤的记忆。

这种念头不停膨胀，直到升上初中，我还是一直和父亲保持距离。

父亲什么都没对我说，也没有任何改变。

他看我的眼神始终那么痛苦，圣诞节的早晨也依旧会把礼物放在我的枕边。

圣诞夜时，我紧闭双眼，听着开门声和逐渐接近的脚步声。

父亲将礼物放在枕边以后，好像还站在原处看了我一阵子。

我好想张开眼睛！虽然心中迫切渴望，却不敢真的张开，因为我害怕看见父亲充满罪恶感的痛苦表情。

在脚步声远去之前，我一直屏息着缩紧身体。

我连父亲的最后一面都没有见到。

某天放学回家，我听到父亲昏倒送医的消息，立刻和哥哥一起去医院。

当时父亲正在睡觉，没办法说话。

母亲说，父亲的心脏已经很虚弱，但他还是一直拼命工作，导致病情恶化得更严重。

躺在床上的父亲脸色苍白，看起来好衰老。

父亲的年龄本来就比母亲大很多，说是我的爷爷也不奇怪，可是，这时候的他看起来简直像是上百岁。

经历过这么一段漫长的艰辛岁月，已经让他精疲力竭、满身疮痍。

听说他只要好好调养身体就没有危险，可是才短短两天，父亲的病情就突然加剧，撒手人寰。

在父亲死前一天，母亲还能和他说话，可是我不敢去探望他。第二次去医院时，父亲已经咽下最后一口气。

他的遗容非常安详，但我还是看得很难过。

不管我画再多父亲的画像，每一张的神情都是那么晦暗。

七月快要结束了。素描本中将近一半的页数都画满父亲露出寂寞眼神的脸庞。

我想画的并不是这样的父亲啊。

“萤，今天的天气很好，要不要带便当出去素描啊？”

母亲走进房间对我说。

我急忙阖起素描本，起身说：

“嗯，我立刻准备。”

把帮佣阿姨做的三明治、烤饼和保冷剂一起放进野餐篮之后，母亲开车载我到郊外的公园。

我们坐在树荫下，舒适的微风轻轻摇着草木。

“这里很凉快呢。”

母亲打开素描本说。

“是啊。”

我也翻开了还没画过的空白页面。

不过，大概是我最近一直在画父亲的缘故，现在就算我想画其他东西，还是一直画不出来。

母亲多半发现我这阵子不太对劲，说不定是哥哥跟她说了什么，她今天才会带我出来画画。可是，她什么都没说，只是拿着铅笔画图。

或许母亲是在等我自己说出来吧。

“……母亲。”

我喃喃叫道，母亲温和地回答：

“怎么啦？萤？”

“父亲和我们一家人在一起时，有过幸福的感觉吗……”

话一说出口，胸口就胀得好难受，喉咙也哽住。

我不知道我们是不是能称为一家人。

但是，父亲偶尔和母亲、哥哥还有我同坐一桌吃饭时，来我的学校参加教学观摩时，圣诞夜在我的枕边放礼物时……

是不是能让他多少感到安宁呢？

我担忧地望着母亲。她扬起嘴角，坚定地露出微笑。

“这还用说吗？要不是因为和我结婚，那个男人一定会营养失调，饿成皮包骨，早早就离开人世下地狱去了。我帮他生了一个这么关心父亲，个性和容貌都无可挑剔的可爱女儿，他就算感谢我一百年都不够呢。”

母亲的身上没有半点哀愁或感伤。她抬头挺胸地面向前方，神态坚决、堂而皇之地说道。

这也令我多了一点信心。

“母亲呢？和父亲结婚幸福吗？”

听到这个问题，母亲露出玫瑰般艳丽的笑容点头。

“当然，因为黑崎让我有了你呀，而且他也教过我要怎么处理工作。对了，他很会跳华尔兹呢。黑崎在派对上带着我跳舞时，真的让我很自豪。萤，你的父亲是我凭自己的意思挑选出来的最佳伴侣喔。”

心脏狂跳。

母亲坦荡荡说出这些话的模样真的好美。

啊，对了，小时候我晚上醒来去洗手间时，曾经看过父亲和母亲在没开灯的客厅里跳舞。窗帘是开着的，母亲在窗外洒进来的月光中笑得好妩媚，带着母亲跳舞的父亲也显得好英俊挺拔。

那不是梦。

父亲在死前和母亲说了什么话呢？我想我迟早会去问出来的。

此外……我还记得一件事。

小学六年级的圣诞夜，当我发烧病倒在床时，有只冰冷的手贴在我的额头上。

那一定是父亲的手。

虽然只有短短的一瞬间，那只手很快就拿开，但是父亲为了让我发烫的身体稍微冷却，伸手按住我额头的触感，总是令我一再想起。

隔天早上，枕边出现礼物，可是父亲已经不在家里。一周后父亲回家时，我也说不出“您回来了”……

那只手确实抚摸过我。

令我觉得心中顿时一轻。

透明的光辉由层层迭迭的绿叶间洒落，抚过脸颊的微风吹得我通体舒畅。

这天我画的父亲画像比之前的更和蔼、温柔。

“哎呀，真是个好男人，要是出现在我眼前还真想向他求婚呢。”

母亲在一旁笑着望向我的素描本。

那天的一周后。

在一个晴朗无云、天空蔚蓝的早晨，我带着花去父亲的墓前供奉。

父亲的遗体没有埋在姬仓家祖传的墓地，而是埋在基督教的墓园。

我抱着百合花束，在林立的十字架之间走着。

阳光好耀眼。

夏天就要来临了。

我将花束放在墓石上，双手合十、闭眼默祷。

母亲说父亲和我们当一家人时，一定有过幸福的感觉。

我也觉得，我能和父亲成为父女真是太好了。

一年一度的圣诞节是最令我迫不及待的特别日子。

可是……如果还有机会，我真想和父亲多说些话。

如果我能主动接近父亲，而不是闪躲视线、沉默以对……一定会得到更多温馨的时光。

在我发烧卧病的那个圣诞夜，如果我能睁开眼睛，握住父亲的手……如果能对父亲说出“谢谢”……

一定能让父亲知道我是多么喜欢他。

我的胸中感到阵阵酸楚，此时飘来一股清冽的花香。

张开眼睛的瞬间，突然吹来一阵强风。树木剧烈摇摆，脚边的草沙沙作响，我急忙按住头发和裙子。

就像在看电影似的。

狂风之中有只透明纤细的手臂，朝父亲墓上的十字架笔直伸出。

就像纤瘦少女的手。

十字架上也伸出一只成年男人的手臂。

两只手互相接触、相迭、交握——紧紧地攀住彼此。

我讶异地眨眨眼睛，看见十字架后方有位身穿西装的高大男性，旁边依偎着一个身穿旧式水手服的娇小女孩。

男人似乎是父亲，女孩和我长得很像！

两人手牵着手离开。

我的心脏扑通扑通地不停狂跳，拼命地张开嘴巴想要说话，却想不到该说些什么话。

但是，我还是努力挤出声音。

“父亲……”

我嘶声叫道，父亲回过头来。

喉咙霎时堵住，双腿像石头一样僵硬。

微风轻抚着父亲的刘海，也吹过我的脸颊。

我全神贯注地凝视着父亲，竭尽所能地专注望着。我怀疑自己根本从未这么直接地注视父亲。

父亲也没有闪避我的目光。

那双带有一抹青色的浅茶色眼睛看着我，眼神安详柔和，嘴唇绽出笑容。

这是我第一次看见父亲微笑。

好祥和、好温柔的笑脸。

然后，他转身背对愕然呆立的我……

他和很像我的女孩如同挚爱的情侣般互相紧拥，消融在空气中。

我回过神来，草木仍在风中摇摆，无数的十字架之间只有我一人。

墓前摆着我带来的百合花束。

看着这束花，我终于体认到父亲已经不在世上的事实。

来接父亲的是夏夜乃还是萤呢？

我望着夏日耀眼阳光中的朦胧景色，一边回忆起《呼啸山庄》的最后一幕。

希斯克利夫死后，凯瑟琳的女儿和表哥哈里顿结婚了。

暴风平息之后，剩下的是祥和、幸福，又带些寂寞的风景。

我总有一天也会谈恋爱。

或许不会像凯瑟琳、夏夜乃和萤爱得那么激烈，但是，如果能像卡西一样遇到能够分享欢乐平静时光的对象，我一定会来这个地方报告。

到时我会用开朗的语气呼唤：

“父亲……”

Sketch Book

文学少女的情怀

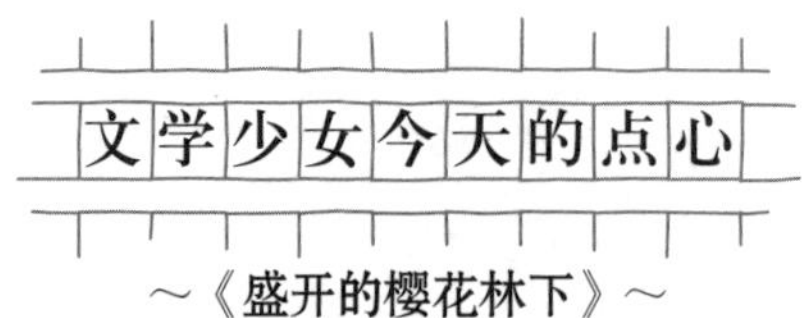

~《盛开的樱花林下》~

我看过这样的远子学姐。

新学期刚开始不久，某个春天午后。

远子学姐在一家超市买东西。

细瘦的背影，像猫尾巴般的乌溜溜长辫子。

她同样穿着那套水手服，专注地挑选商品。

首先是五公斤包装的糯米，她使劲地将袋子抱起。

不过好像太重了，她满脸通红，站得摇摇晃晃，又把袋子放回架上。

接着她拿起两公斤包装的袋子，又一脸遗憾地放回去。

最后她将最小的一公斤包装放进菜篮，继续往前走。

来到下一个货架，她又歪着头点着嘴唇，像是在沉思。

想了一下，她拿起五百克包装的酒曲。

放进菜篮，去柜台结账以后……

“♪”

她愉快地哼着歌离开。

远子学姐是妖怪（？），所以文字以外的东西都尝不出味道不是吗？

我看得满心疑惑，但还是想着“算了，不管她”。

我装做什么都没看到，直接回家。

隔天放学后，我到文艺社时，远子学姐还没来。

我一边等待，一边将五十张一叠的稿纸和铅笔盒摆在老旧的榉木桌上，还是迟迟不见她出现。

“到底在做什么？难道是有事先回家？”

既然如此，至少先跟我说一声嘛。

我忿忿不平地等了一个小时左右，远子学姐才姗姗来迟。

“对不起，我迷路了一下。”

“在学校里迷路？”

我冷冷地吐槽，但回头看到远子学姐的模样，顿时傻眼。

她的水手服上衣、裙子，还有辫子上都沾满泥土、树叶、小树枝等东西，长袜的膝盖部分也弄得脏兮兮的。

“你是去哪片树林游荡才会搞成这身罹难生还者的模样？”

昨天她在超市买的糯米，难道是探险队的紧急粮食吗？

我愕然地询问之后，她呵呵笑着说：

“不告诉你。”

然后，她拍拍裙子掸落沙土。

“哇，不要在这里拍啦。你要负责扫干净喔。”

“好好好！”

远子学姐愉悦地回答，从柜子里拿出扫把。

“啊，肚子好饿喔。心叶心叶，写些东西吧！写嘛写嘛！”

“不要挥扫把啦……题目是什么？”

“这个嘛……”

远子学姐将下巴顶在扫把的握柄上，笑嘻嘻地说：

“那就写‘新学期’、‘自我介绍’、‘猫熊’吧。

“限时五十分钟，预备，开始！”

虽然不知为何会冒出猫熊，不过这次已经算是比较正常了。

我翻开笔记本状的稿纸，拿起 HB 自动铅笔开始写字。

远子学姐打扫完毕就脱下室内鞋，屈膝坐在窗边的铁管椅上。

她在腿上放一本《坂口安吾全集》，慢慢地翻页，一脸幸福地发表评论。

“坂口安吾出生于一九〇六年，是在战后大放异彩的无赖派作家。

“安吾的《堕落论》说人类天生就会堕落，只要活着就一定会堕落，而且只有在堕落时才能发现自我、得到救赎，这让刚战败的日本人受到巨大的冲击，也获得广大的共鸣。

“这番论述，以及描述像幼儿般天真的有夫之妇和心灵空虚的青年在战时产生交流的小说《白痴》，使安吾获得当红作家的地位。他在极盛时期发表的名作就是这本《盛开的樱花林下》。”

远子学姐以纤细的手指撕下洁白的纸张，放进嘴里。

樱花色的嘴唇含住白纸，沙沙咀嚼，咕噜吞下，然后她闭上眼睛细细品味。

“嗯，真好吃！在安吾的作品里我最喜欢《盛开的樱花林下》！冰冷、孤独、骇人又优美，简直像京都人夏天吃的清烫海鳗一样，味道深奥又细腻呢！

“心叶，你知道海鳗这种鱼吗？它像一般的淡水鳗鱼一样细细长长、滑溜溜的，嘴巴裂到眼睛后方，长了很多尖锐牙齿，样貌很可怕。稍有不慎可是会被咬喔！

“听说海鳗之所以取名为‘鱧’（Hamo）就是来自‘咬’（食む，Hamu）这个字。海鳗有很多鱼刺，所以在料理的时候必须用菜刀小心地剔去骨头，厨师一定要有熟练的技术才行。

“然后，将鱼肉切成一块块，只留下薄薄一层鱼皮不切断，再浇上滚水，鱼皮收缩卷起，鱼肉就会像白花一样美丽地绽放开来唷。

“接着淋上冰水，让鱼肉收缩得更紧实再吃。

“口感细腻的鱼肉，结实的鱼皮，清淡高雅的味道，越咬越香的独特美味……这本《盛开的樱花林下》也能尝到这种熟练的技术和传统的美感呢！”

远子学姐说完海鳗的调理法，又撕下几片纸张吃掉，感动得全身发抖，继续说起剧情大纲。

“从前有个山贼住在铃鹿岭上，经常攻击路过的旅人。他天不怕地不怕，只有一件事例外，只要他走进盛开的樱花树林，就会莫名其妙地感到恐惧。

“有一天山贼杀了来到山岭的男人，并且把他的妻子带回住处，纳为自己的妻子。这个在都城生活的女人比山贼至今看过的任何女人都漂亮，所以他深深为这个女人着迷。

“后来山贼为了实现妻子的心愿，抛下住惯的山岭，和她一起去到都城，还为她杀死很多人，把人头带回去。

“妻子用这些人头玩起天真的游戏，像是在玩人偶剧似的。可是这样的生活让山贼十分空虚，所以他决定回到山上。”

远子学姐叹一口气，继续说道：

“山贼因妻子而萌生的空虚感，在安吾的其他作品中也很常见。

“这些人物不和环境交融、分离，而是处于不同的世界、怀着与众不同的价值观去看待他人。这并非绝望，而是令人感到疏离、沉静、寂寥，以及凄凉的孤傲。

“对，就像在滚水中绽放的白肉碰上冰水而紧紧收缩那样……陶醉在那熟练的技术中，吃完最后一口，全身如同冰块般冷却的感觉……

“从山贼回故乡时背着妻子走过盛开樱花林的场面，一直到结局为止，这段文章是如此鲜明而可怖，美得近乎凄厉。

“仿佛眼前出现一幅樱花花瓣飘满天的景象。

“最后一段文字充满极致的孤独和沉静，吃到这里就会自然而然地屏住呼吸呢。

“啊啊，名著和传统果真太美妙了！是日本人就得赏樱啊！

“携酒食入平安京①。去到京都就不能不吃海鳗！”

她吃得稀哩呼噜，挂着幸福的表情说完之后……

“啊，太好吃了……”

远子学姐满足地发出感叹。

“心叶心叶，点心呢？点心好了吗？”

她抱着椅背，像孩子一样吵个不停。

---

① 日本的首都在公元七九四年迁至平安京，携酒食是七九四的谐音背诵法。

“好了，请用吧。”

我撕下两张半稿纸交给远子学姐，她笑容满面地接过去。

“耶！我要开动了！”

新学期换了班级，来到教室以后却只看见猫熊。远子学姐嘴里吃着今天的“点心”，一边垂下眉梢，皱紧眉头。

“唔……什么东西？这味道像是在白巧克力上洒了小鱼干，还配上加醋的奶茶，有够诡异的。

“猫熊开始自我介绍，但是完全听不懂它在说什么。

“这是猫熊语？是竹叶的味道吗？

“唔……总觉得哪里不太对，猫熊一点都不可爱嘛——

“啊，轮到主角了。猫熊突然杀气大作，猛力跳个不停。好、好辣，辣死人了！

“主角正在害怕，脚底却出现一个洞。

“呀啊啊啊啊啊！他头下脚上地摔下去啦……

“甜丝丝的味道里混入酸味，杂七杂八又突兀，简直是一片混沌，呜呜……这根本不是童话故事嘛……”

我收起自动铅笔，对颓丧的远子学姐冷冷地说：

“明天请别再迷路了。”

隔天我一到社团，就发现桌上放着一则写在报告纸上的

留言。

因为学弟太恶劣，所以我躲起来了。

请好好反省之后再来找我。

我画了地图。

远子

附注：如果不来，我就诅咒你！

……有够幼稚。

我无力地垮下肩膀。

是说我哪里恶劣？我只不过是在故事里加上一些离奇的叙述，剧情发展也稍微离奇一点……

话说回来，这个粗陋的地图是怎么回事？

如果没有注明“校外”、“道路”、“树林”的话，根本看不出是地图嘛。

我虽然感到无力，还是无可奈何地去找远子学姐，要不然想必她到晚上还是会继续待在那里。

我走出校门，来到附近的杂木林。

踩着柔软的青草、铺在地面的树枝叶片，我拨开树丛逐渐深入。

我突然想到一件事。

对了，昨天远子学姐头上沾到的就是这种树叶……

此时，粉红色的花瓣翩翩飞过我的眼前。

啊……是樱花。

明明没有起风，却有大量花瓣突然涌来，我的视野全都染成一片粉红色。

“哇！”

原来是远子学姐用双手掬起地面堆积的花瓣，朝我洒过来。

隔着这片缤纷落英，头绑辫子、身穿水手服的“文学少女”摊开双手，婉约地露出笑容。

我一瞬间还以为自己回到大正时代。

“欢迎光临，心叶！”

“这是怎么回事啊！”

我拍落脸上和身上的花瓣，一边生气地问。远子学姐笑得更灿烂，开心地回答：“我想和心叶一起赏花，所以专程找了一个私房景点。

“你看，这里很安静吧，也不像是有人会来的样子。”

我转头一看，古老的樱花树下铺着塑料布，上面摆着水壶和一盒樱花麻糬。

“好啦，快坐下吧。”

远子学姐拉着我坐在塑料布上，然后用水壶的盖子倒了一杯混浊的白色液体。

“这是甜酒。平时都是心叶在帮我写点心，所以今天换我来帮心叶准备点心。”

“樱花麻糬是在附近的日式点心店买的，甜酒是我自己酿的喔。”

“……用糯米和酒曲做的吗？”

我想起她在超市满脸通红地抱着糯米的模样，喃喃问道。

“是啊，真亏你还知道。”

她嘻嘻一笑，双手捧着倒满甜酒的壶盖。

“来，请用吧。”

我尝了一口，但觉芳香扑鼻、热气腾腾，又略带甜味。

“嗯？怎样？”

远子学姐前倾着上身问道。

“很好喝。”

听到我的回答，她兴奋地跳起。

“真的吗？太好了！那就多喝一点吧，还有樱花麻糬可以吃喔。

“然后……然后，等你吃饱了就来写今天的‘点心’吧！”

我看着她拿出短笺和自来水笔，再次感到虚脱。

啊啊，远子学姐果然还是老样子……

她是因为自己想要毫无顾忌地吃点心，才特地找这个隐秘的场所吗……

“好，用樱花当题材来咏一首和歌吧。”

“我没有写过和歌。”

“没关系啦，看见美丽的风景自然会想吟诵和歌，这是日本人与生俱来的基因啊。你得用这片樱花飞舞的清幽脱俗景色写一首和歌来款待你尊敬的学姐喔。”

“我才没听过这种基因咧。”

“你已经喝了甜酒，可别想要推托喔，心叶。”

“这是哪来的坑人规定啊！”

旖旎春色中，盛开的樱花林下，我们持续着热烈的对话。

随花瓣一同飘零的这段时间虽然无法媲美安吾的文笔，却也十分祥和温馨。

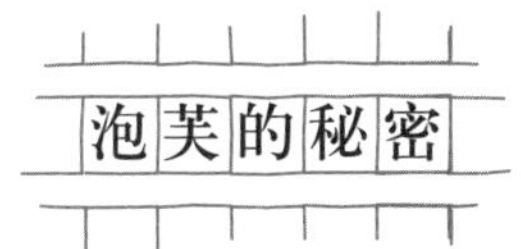

泡芙的秘密

这阵子，我的晚餐和早餐都是烤焦扁塌的泡芙皮。

“为什么还是膨胀不起来啊？”

穿着淡紫色家居服和白色蕾丝围裙的远子姐今天又是一副失意的样子。

她戴着红色格子隔热手套抓着烤盘，上面排满像煎饼般的泡芙。泡芙已经烤焦发黑、热气滚滚，而且每个都扁扁的。

从几天前开始，远子姐每晚都会烤泡芙。

远子姐周六要去心叶学长家。

“这是要当做伴手礼的。”

她这么说的时候，白皙的脸颊都害羞地泛红。

从那天以来，她经常包着三角头巾、身穿围裙，像世界名著卡通系列的人物一样打扮得全副武装，努力地搅拌大碗里的鸡蛋和面粉。

将面团挤到热烤盘上时，她的表情真是认真极了。等待出炉的期间，她也一直兴奋难耐地瞄着烤炉里面。

“我有预感，今天一定会很顺利。”

每次她都说得信心十足，但是总会渐渐垂下眉梢、一脸哀伤。

等到从烤炉拿出扁扁的泡芙皮时，她又变得垂头丧气。

“不用勉强自己吃完啦，流人。”

“没关系，配上果酱还满好吃的。”

坦白说，那吃起来还真像坚硬的木炭，好在远子姐自己尝不出味道，而我也不是美食家。

在我看来，和三星餐厅的大叔主厨做的全餐相比，可爱女孩努力做的烧焦煎蛋更加美味。

远子姐一脸愧疚地看着我将橘子酱抹上泡芙皮，边吃边掉屑的模样。

“我大概没有做甜点的天分吧。”

“远子姐春天酿的甜酒也是边看书边做的，不也做得很好吗？”

“是没错啦……可是这种东西根本没办法送给心叶嘛。”

她失落地说。

“周六我要去心叶家，一定要做出好吃的泡芙当伴手礼！”

我想起她说这句话时欣喜的模样。

“呜……泡芙无法膨胀一定是因为诅咒。”

远子姐气鼓鼓地说，我不禁愕然。

“都是麻贵的诅咒害的啦。”

“姬仓家的公主殿下？”

“是啊！一年级的时候，她亲了我的胸部，下诅咒说希望不要再变大！”

她怒气冲冲地抱怨。

在胸部亲吻施咒，这是哪个流派的咒术啊？

“无论我怎么做胸部体操都没有效果，泡芙也一直无法膨胀，这些全是麻贵害的啦！连我胸部那部分一起膨胀吧！我可是计划好要长到橘子那么大喔！”

“冷静一点啦，远子姐。”

“……亏我这么想让心叶吃到美味的泡芙……”

她又垮着肩膀，语气哀戚地说。

“……因为我已经快要不是心叶的学姐，所以很想在最后以学姐的身份为他做些什么……”

她的这句话和表情，连我看得都难过了起来。

“远子姐，就算是烤焦又扁塌的泡芙也是你亲手做的啊，心叶学长一定会吃掉啦。”

“不可能，心叶一定会取笑我。再说，心叶一直为我写好吃的故事……虽然有很多故事的味道都很怪……”

“远子姐不是全都吃掉了吗？”

“因为……”

“既然那个虐待狂公主殿下对你下了诅咒，就让王子来帮忙解除吧。爱情可是最好的调味料喔。远子姐只要把自己的心意灌注进去，一定会有好结果。”

我盯着远子姐的脸鼓励她，她终于抬起头来笑着说：

“谢谢你，流人，我会继续努力的。我还是希望让心叶吃到美味的泡芙……以学姐的身份。”

学姐的身份啊……这句话听得我心都痛了。

爱情的力量果然很伟大。

周六早上，远子姐在烤炉前面走来走去。

“太棒了！流人！我第一次成功耶！你看你看！都膨胀了！”

远子姐露出像浓稠的卡士达酱一般的甜蜜笑容，用隔热手套捧着烤盘不断转圈。

“我还是在正式上场的时候比较厉害啊。好，接下来只剩下挤入卡士达酱，轻轻松松！”

她那光彩夺目，像花朵盛开般的笑容令我不禁看呆。

啊啊，看到这样的笑容任谁都抵挡不住吧。

如果有人能一直这样对我笑，不知该有多好。真希望能永远这么幸福，像是处在灿烂的光芒中。

真想让心叶学长看看现在的远子姐。如果知道那闪亮的笑容是为自己而展露，无论是多么迟钝的男孩必定都会坠入情网。

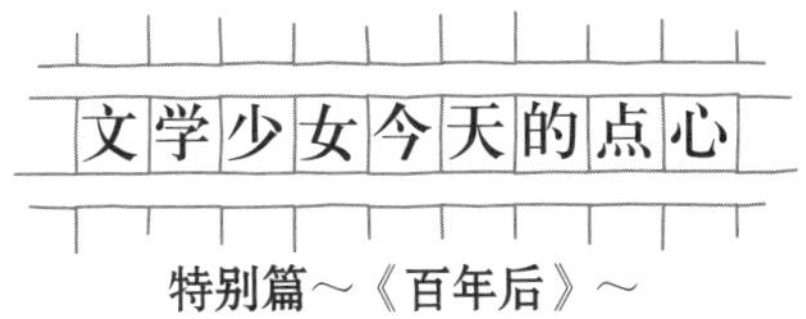

特别篇～《百年后》～

三月的某一天，天野远子握紧拳头、探出上身，一本正经地对我说：

“设乐小姐，请你训练我吧！”

我还以为她基于健康和增加胸围的理由开始打太极拳呢。

我们在只有女生的宿舍里认识对方，至今已经两年了。这个小我一岁的女孩，总会说出让人摸不着头脑的发言。

“真不巧啊，能让你胸部变大的武术或体操我都不会。”

我翻着写报告要用的英文资料，冷淡地回答。

“我、我不是说胸部的事啦！”

她双手遮起在这两年间连一公分都没长大的胸部，红着脸气呼呼地声明。

“那是要干吗？”

“请你教我使用计算机！”

“设、设乐小姐！屏幕出现奇怪的字……是诅咒的文字……”

一小时以后，远子在我的房间里抓着鼠标惊叫。

“只是出现错误啦。数字要用半角输入，这是基本常识吧？”

“伴、伴行……在哪里？要怎么做啊？”

“只要按下‘半角’的按钮就好。”

“在、在在在在在哪啊？我的眼睛都花了……哇啊啊！”

“你太慌张了吧，镇定一点。”

“是、是的！”

远子眼花缭乱地回答。

看她紧张得肩膀都僵硬了。

只是要申请个免费信箱，她却和笔记本电脑搏斗三十分钟以上。

真没想到她是这么重度的计算机白痴。

对了，远子的房间里没有电视、CD音响、热水瓶，而且也没有手机。宿舍走廊上的那个古董黑电话，只有远子一个人会使用。

“不怕不怕，机器和数字都不会咬人……呜呜……我要先熟悉计算机，也要在今年之内学会用手机。”

她白皙的脸上泛起红潮，鼓着脸颊喃喃说道。

像远子这样一个气质古典的辫子美少女认真挑战不拿手的事，看起来真是赏心悦目。如果我是男人，或许会迷上她呢。

“为了表达谢意，我帮你修理台灯吧。”

“你上次也想要自己修自行车，结果只是在拆车吧？”

“那是在累积经验啦，台灯这种小东西我还应付得过来。”

她爽朗地说。

其实，我的台灯只是灯管坏了。

“为什么突然想学计算机呢？”

我问着终于申请到信箱的远子。

“我毕业以后想当编辑，所以一定得学会用计算机写文章，还有传送电子邮件。”

这些事情又不是只有编辑该懂，一般上班族也要会啊。虽然心里这样想，但我没有说出口。

或许是因为远子的眼神和语气都很真挚吧。她对编辑这个职业似乎怀有特别的感情。

我们的房东基于个人兴趣在阁楼里弄了一个藏书室，远子没有一天不是泡在藏书室里。无论是让人热得满身大汗的酷暑，或是双手会冷到冻僵的寒冬，远子都会屈膝坐在藏书室的地上看书。大家谈到远子时都说她是”文学少女”，这个外号足以描述她的一切。

“我还以为你以后会当图书馆馆员，或是旧书店的店员呢。”

“那样也很不错啊。”

笨拙地在画面上输入文字的远子朝我一笑。

“可是，当编辑是我从小到大的梦想。”

她聪颖的乌黑眼睛散发着温暖的光芒。

“我爸爸也是编辑。他经常对我说‘编辑这个工作，就是要保护作家，协助作家一起创造故事’喔。”

像在揭露重要的心事一般，她的语气充满情感，声调柔和。

“设乐小姐，你今年也要找工作吧？有没有中意的公司呢？”

“我是独生女，所以要继承家里经营的旅馆。”

我平淡地回答。这是在我升学之前就已决定好的事。

“你的老家在鹿儿岛吗？”

“是啊。”

“为什么你会来北海道读大学呢？”

“那你为什么不在东京读大学？”

我这么反问，远子神情温和地回答：

“因为我和家人处得不好，还有很多其他原因……所以想转换一下环境。如果不走得远一点，好像就没办法改变。”

真叫人吃惊。她看起来就像从小到大都和家人朋友相处得很好的人呢。

可是远子的表情并不寂寞，反而露出纯净的眼神。

“来到北海道之后就能改变吗？”

“是啊。不过我觉得心的距离比从前更近了，无论是和家人……或其他人。”

她说完便露出微笑。

“我大概也差不多吧，一直很想去远一点的地方看看。我很喜欢自己长大的地方，也不排斥继承旅馆，但我还是很想见识一些在那里看不到的东西。”

窗外布满白色光辉，冰冷的雪片逐渐堆积。

我的故乡不会下雪。

有些事情真的得离开故乡才会知道。

只有这样，才能发现从未注意过的事，也会更珍惜从前所爱的事物……

远子和我一起默默地看着窗外的雪。

然后，她又转向计算机屏幕，喀啦喀啦地打起键盘。内容似乎是诗句。

《百年后》

百年后的今天，
专心读我这首诗的你是谁？
在百年后的今天，
我能否传寄给你，

能否传寄给浸润在我深深爱意之中的你，
这个春晨愉悦的轻触、
花朵的芬芳、
鸟儿的歌唱、
今天那片鲜明色彩的光华？

“这是谁的诗？”

“泰戈尔。”

“就是第一个拿到诺贝尔文学奖的亚洲人吗？”

“是啊。泰戈尔的诗就像用太阳般光泽亮丽的芒果做成的酸奶昔，意涵丰富、情感温柔、充满包容。这首诗的名字是《百年后》[①]，像这样创造出延续百年的故事不是很美妙吗？”

远子继续背诵接下来的诗句。

再一次地，
敞开你向南的窗户，
从你的阳台上眺望远方的地平线。
然后，深浸在幻想中，
想想那狂喜的欢乐。

“文学少女”的嘴唇浮现春天烂漫花朵般的笑容，满脸幸福地吟起诗。

① 原诗名是“一九九六”，写于一八九六年二月。

在百年之前，
从遥远至乐的天堂倾泄而下，
触摸这世界的心灵。
想想青春少年的日子，
狂野、任性又自由。

远子吟诵到一半，突然想起某事，笑了起来。

“我向某个学弟推荐过泰戈尔的诗，结果，他在毕业典礼那天对我说：‘去谈恋爱吧！文学少女！’”

“那个学弟是你的男友吗？”

“不是啦……他有个很可爱的女友，所以经常找我商量恋爱的烦恼。他还叫我别老是只顾着教别人，自己也该去谈恋爱。”

她很怀念地笑着说。

“真是个不客气的学弟啊。然后呢？你谈恋爱了吗？”

远子的眼中荡漾着甜美的光辉。

她绽开微笑，深情地说：

“有啊，我一直在恋爱。”

好沉静祥和的语调。

以前远子在走廊上和某人讲电话时，也曾有过如此温柔甜蜜的目光。

——是啊，我收到佐佐木先生的信，听说心叶的第二本书就要出版了。

我好像听她提过心叶这个名字。对了，就是远子在阁楼藏书室哭着读信时说出来的名字……

我没有偷听人家说话的嗜好，以前也不曾对别人有过兴趣。

可是，就像在阁楼看见远子哭泣的那次一样，此刻她柔情似水的眼眸和唇上的微笑都令我看得目不转睛。

在那次以后，远子不时会露出这样幸福甜蜜的目光。

像是诉说高中时代的回忆时，或是读某个新作家的畅销小说时。

包括现在也是……

她说除了家人以外还有必须离开的人……是指那个心叶吗？

“唉，如果把真相告诉那些吵着要我带你去参加联谊的男同学，他们一定会很失望。”

“怎么会呢……”

远子立刻红了脸。

“算了，与其想百年后的事，不如先学会怎么用计算机吧，否则你的编辑之路可是多灾多难啰。”

“我会努力！”

远子敛起笑容，挺直背脊看着屏幕。

她的眼睛似乎注视着遥远的未来。是不是也能看见在那里等待的人呢？

远子继续打着那首《百年后》。她慢慢地、一个键一个键地按，屏幕上的文字逐渐增加，构成一幅光辉灿烂的景色。

想想百年之前，

在带着花粉芳香的南风里，
鼓动忙碌的翅膀，
用青春的光彩涂抹大地。
再想想，他的心如何炽烈，
全神驰骋在诗歌里。
百年前的早晨，
那天一个诗人醒来，
他千万的思绪像百花盛开，
戴着爱的花环！

我对爱情一向没兴趣，喜欢人或是被人喜欢都让我觉得好厌倦。

可是看到远子，我就感到心里好温暖。我由衷希望远子有一天能和她最爱的人互相拥抱。

想必这也是我待在故乡时不曾见识过的感情。

来到这片土地，认识了眼神闪亮的文学少女后，我才知道何谓甜美的心悸。

“我是不是也该来谈个恋爱呢？”

我兴致索然地说着，远子听见却一脸喜悦地转过头来。

“嗯，当然要啊！如果你谈了恋爱，一定要把恋爱故事告诉我喔！”

恋爱故事啊……

不知道我的人生之中会不会出现这种东西，不过试个一次或许不坏吧？我边想边看着逐渐显示在屏幕上的泰戈尔诗句。

百年后的今天，
对你唱起诗歌的新诗人是谁？
我将超越时光，
传寄给他这春天欢乐的祝颂。
百年后的今天，
愿我的诗歌持续回荡，
在你的春天里，
在你的心跳里，
在蜜蜂的低语里，
在树叶的沙沙声里。

后记

大家好，我是野村美月。插话集终于进展到第四集。这么一来，除了DVD等的特别篇以外，所有的短篇都出版成书了。本传结束后，我还有很多短篇故事想写，便向责任编辑提出一大堆构想，原本很担心是不是全都能出版，还好可以顺利地写完，真是太好了！譬如说麻贵结婚、生下两个孩子，还有芥川后来的辛劳和幸福，以及升上高中的舞花……这些都是我想要好好珍藏的小故事。琴吹同学还是有点让人担心，因为天使是比心叶更难接近的对象，不过这次对方是真的喜欢她，所以应该会渐渐步入幸福吧。

我之前在杂志和网站的访问上也提过，“文学少女”系列即将在下一本的《青涩作家和文学少女编辑》划下句点。最后这一本写的是高中生作家和当上编辑的远子快乐的故事。我决定让这系列在这个故事里完结。

此外，高坂老师的漫画《文学少女和渴望死亡的小丑》的最后一本，也就是第三集，会和《文学少女 爱恋插话集4》同时上市。能看到高坂老师笔下的千爱和远子最后睁大眼睛的描绘真是太棒了～～～～让人感动得浑身颤抖啊！请大家一定要去看喔！《GANGAN JOKER》月刊十二月号也会连载续集《文学少女和渴求真爱的幽灵》！日吉丸晃老师的《文学少女和恋爱的诗人》也将在近日发售，敬请期待！小森和反町都好可爱，随处可见的小玩笑也很有趣喔！

先写到这里，下次就是春天了！在“文学少女”最后一集再会啰[①]！

二〇一〇年　十月三十一日　野村美月

※ 本书引用、参考了以下著作：

《新编　銀河鉄道の夜》（宫泽贤治著，新潮社出版，一九八九年六月十五日发行。）

《堤中纳言物语》（山岸德平译注，角川学艺出版，一九六三年十二月二十日发行。）

《かもめのジョナサン》（海鸥乔纳森，理察德・巴赫著，五木宽之译，拉塞尔曼森摄影，新潮社出版，一九七七年五月三十日发行。）

《完訳　アンデルセン童話集（三）》〈最後の真珠〉（安徒生童话三　最后的珠子，大畑末吉译，岩波书店出版，一九八四年五月十六日改版第一刷。）

《アンデルセン自伝》（安徒生自传，大畑末吉译，岩波书店出版，一九七五年十月十六日发行。）

《ばらとゆびわ》（玫瑰与戒指，萨克雷著，村冈花子译，日本书房出版，一九七七年十一月发行。）

《梶井基次郎全集　全一卷》〈柠檬〉（梶井基次郎著，筑摩书房出版，一九八六年八月二十六日发行。）

《たけくらべ》（比肩，樋口一叶著，HOLP 出版，一九八四年八月一日发行。）

---

① 此为日本的出版信息。

《嵐が丘》（呼啸山庄，艾米莉·勃朗特著，永川玲二译，集英社出版，一九七八年发行。）

《坂口安吾全集五》〈桜の森の満開の下〉（盛开的樱花林下，坂口安吾著，筑摩书房出版，一九九〇年四月发行。）

《タゴール著作集　第一卷　詩集一》初期詩抄〈百年後〉（泰戈尔诗集　百年后，泰戈尔著，森本达雄译，第三文明社出版，一九八一年五月三十日发行。）

后记

插话集堂堂迈入第四集。
插图一向都是指定好的，
每次芥川到最后都会落选，
这次终于可以画了，真是松一口气。
（虽然还是老样子。）

终于画出来啰，
野村老师！

初中的美羽。

封面草稿备案。
第一版。

编辑大人（太可靠了），
美编大人，
感谢你们的关照～～

各篇首度出处

文学少女见习生的发现（刊登于 FBonline 二〇一〇年九月号）

文学少女和忧郁的贵公子（刊登于 FBonline 二〇〇九年十一月号）

文学少女今天的点心～《海鸥乔纳森》～（刊登于 FBonline 二〇〇七年二月号）

文学少女和幸福的孩子（刊登于 FBonline 二〇〇九年四月号）

文学少女和麻烦的情侣（刊登于 FBonline 二〇〇九年八月号）

画室的密谈（刊登于宣传小册“for beginners BUNGAKU-SHOUJO”）

生气的女孩和柠檬男孩（刊登于 FBonline 二〇〇九年六月号）

美羽～在迷惘中逐步向前（本书初次公开）

七濑～打给天使的电话（本书初次公开）

萤～暴风平息后的阳光（本书初次公开）

文学少女今天的点心～《盛开的樱花林下》～（刊登于 FBonline 二〇〇七年三月号）

泡芙的秘密（《“文学少女”的追忆画廊》ANIMATE 店家赠品）

文学少女今天的点心　特别篇～《百年后》～（本书初次公开）